講談社文庫

要訣

百万石の留守居役（十七）

上田秀人

JN051490

講談社

目次——要訣 百万石の留守居役（十七）

金沢・江戸間の街道図

地図作成／ジェイ・マップ

〔留守居役《るすいやく》〕

主君の留守中に諸事を采配《さいはい》する役目。人脈をもつ世慣れた家臣がつとめることが多い。参勤交代が始まって以降は、幕府や他藩との交渉が主な役割に。外様《とざま》の藩にとっては、幕府の意向をいち早く察知し、外様潰《つぶ》しの施策から藩を守る役割が何より大切となる。

〔加賀《かが》藩士〕

藩主
前田《まえだ》綱紀《つなのり》
―人持《ひとも》ち組頭《くみがしら》七家（元禄《げんろく》以降に加賀八家）―人持ち組―平士
　本多《ほんだ》安房《あわ》政長《まさなが》（五万石）筆頭家老
　長《ちょう》尚連《ひさつら》（三万三千石）国人出身
　横山《よこやま》玄位《はるたか》（二万七千石）江戸家老
　前田《まえだ》孝貞《たかさだ》（二万一千石）
　奥村《おくむら》時成《ときなり》（一万四千石）奥村本家
　奥村庸礼《やすひろ》（一万二千四百五十石）奥村分家
　前田備後《びんご》直作《なおなり》（一万二千石）
　瀬能《せのう》数馬《かずま》（一千石）ほか
―平士並《なみ》―与力（お目見え以下）―御徒《おかち》など―足軽など

〔第十七巻『要訣』——おもな登場人物〕

瀬能数馬《せのうかずま》　祖父が元旗本の加賀《かが》藩士。若すぎる江戸留守居役《るすいやく》として奮闘を続ける。藩主綱紀《つなのり》のお国入りを助け、将軍家から召喚された本多政長《ほんだまさなが》と江戸へ。

本多安房《あわ》政長　五万石の加賀藩筆頭宿老《しゅくろう》。家康《いえやす》の謀臣《ぼうしん》本多正信《まさのぶ》が先祖。「堂々たる隠密《おんみつ》」。

琴《こと》　本多政長の娘。数馬を気に入り婚約、帰国した数馬と仮祝言《かりしゅうげん》を挙げる。

本多主殿政敏《とのもまさみち》　政長の嫡男《ちゃくなん》。部屋住みの身。

刑部一木《おさかべいちもく》　本多家が抱える越後忍《えちごしのび》・軒猿《のきざる》を束ねる。体術の達人。

佐奈《さな》　琴の侍女。刑部の娘。加賀藩邸を襲撃した無頼の武田四郎《たけだしろう》に惚《ほ》れられる。

石動庫之介《いするぎくらのすけ》　瀬能家の家士。大太刀の遣《つか》い手《て》で数馬の剣の稽古《けいこ》相手。介者《かいしゃ》剣術。

村井次郎衛門《むらいじろうえもん》　加賀藩江戸家老。お国入りしている藩主綱紀の留守をあずかる。

前田対馬孝貞《まえだつしまたかさだ》　加賀藩国家老。宿老本多政長の留守を託される。

前田綱紀　加賀藩五代当主。利家《としいえ》の再来との期待も高い。二代将軍秀忠《ひでただ》の曾孫《そうそん》。

前田備後《びんご》直作《なおなり》　加賀藩の重臣。人持ち組頭七家の一人。

堀田《ほった》備中守正俊《びっちゅうのかみまさとし》　老中。次期将軍として綱吉擁立《つなよしようりつ》に動き、一気に幕政の実権を握る。

徳川権中納言光貞《とくがわごんちゅうなごんみつさだ》　紀州《きしゅう》徳川家二代藩主。瀬能の本家を通じて、数馬を呼び出す。

大久保《おおくぼ》加賀守忠朝《ただとも》　老中。本多家とは代々敵対してきた。

徳川綱吉　四代将軍家綱《いえつな》の弟。傍系ながら五代将軍の座につく。綱紀を敵視する。

要訣

百万石の留守居役（十七）

第一章　本家の役割

一

菩提寺《ぼだいじ》とはいえ、檀家《だんか》によってその対応を変える。

「ご無沙汰《ぶさた》をいたしておりまする」

住職に面会を求めた小普請旗本《こぶしんはたもと》瀬能仁左衛門《せのうにざえもん》が、一礼した。

「十年ぶりでございますかの。ご健勝のご様子、なによりと存じまする。ご先祖さまの墓前には参られましたかの」

微笑《ほほえ》みを浮かべながらも、菩提寺の住職《じゅうしょく》が痛烈な皮肉を浴びせた。

墓参りには来ても、十年から住職には無沙汰している。つまりはお布施《ふせ》や法要の金を支払っていない、先祖の墓を預けておきながらなにもしていなかった瀬能仁左衛門を、住職は柔らかい口調で非難した。

「いや、それは……」

瀬能仁左衛門は、まともな返答もできなかった。

小普請組は無役の旗本、御家人が組み入れられるところである。一応、江戸城の割れた瓦《かわら》の交換だとか、剝《は》げた白壁の補修だとか、小さな修繕を役目とするが、なんの技術も経験もない旗本や御家人にさせるわけにもいかないため、その職人の賃金を分担することで代わりとしていた。

「城内東照宮《とうしようぐう》さまの御柱の塗り直しを」

小普請組を支配している幕府《ばくふ》留守居《るすい》からの指示に応じて、輪番制で職人や人足などを手配するのだが、自邸の修繕と同様というわけにはいかなかった。

「ここの修繕を担当した者は、誰じゃ」

普請が終わっての確認で、塗りむらがあったとか、柱に傷が付いていたとかになれば、担当した小普請組の旗本はただではすまない。

「神君家康公《しんくんいえやすこう》の……」

徳川《とくがわ》家において格別な徳川家康を祀《まつ》っている東照宮への無礼は、今の将軍家へのものよりも重い。

「半知《はんち》召し上げのうえ、お目見えを許されず」

　減禄と格落ちくらいですめば幸運といえる。

「改易《かいえき》を命じる」

　家を潰《つぶ》されるのが普通であり、

「切腹させよ」

　将軍の機嫌が悪いと命を失うことにもなる。

「よき者を手配いたせ」

　そうなっては目も当てられない。当然、そうならぬように腕の立つ職人を雇うことになるが、そのぶん支払う賃金も高くなる。

　普通の職人なら一日百八十文《もん》から二百文だが、腕が立つと認められる職人ならば、三百文から四百文はかかる。それこそ東照宮の社《やしろ》ともなれば、名人と呼ばれる職人を使わなければならなくなり、一日で五百文以上かかった。

　そんな職人を修繕が終わるまで雇い続けることになる。いや、留守居役の確認で終了とされるまでは、待機させ続けなければならない。

　小普請組の人数は多く、そうそうお役目が回ってくることはないが、それでも年に一度ではすまないくらいにはある。

そのたびに二両だとか、三両だとかを支払う。

もちろん、家格や禄高を勘案されるが、実収八十石、表高二百石ていどの旗本の年収は七十二両ほどで、自家消費分の米と家士たちの扶持《ふち》を別にすると、手元に残る金は二十両を割る。年に二度もお役が当たれば、ほとんど金は残らない。とてもそれで衣服を整え、屋敷を維持し、旗本としての表芸たる武芸を習うことはできなかった。

そして、人にとって死んだ先祖より、生きている家族のほうが大事なのは当たり前であり、菩提寺への供物《くもつ》は怠りがちになった。

僧侶も霞《かすみ》を喰って生きてはいけない。住職は瀬能仁左衛門との無駄話さえも嫌だと、用件を促した。

「で、本日はなにか」

「じつは、本堂をお借りいたしたく」

「本堂を……ご法要でもなさるのかの」

瀬能仁左衛門の答えに住職が興味を見せた。

法要となれば、墓参と違って僧侶の出番がある。当然、お布施が見こめる。また、本堂を一刻《いっとき》（約二時間）ほどとはいえ、専有するのだ。金額は決まっていないが、その分の費用も発生する。

「法要というわけではございませぬが……加賀《かが》へ移っておりました分家が江戸へ来ておりますので、これを機に瀬能一族の顔合わせをおこないたく。ああ、もちろん先祖供養はお願いいたしまする」

たんに本堂を貸せでは、菩提寺に利はない。

きっちり節季《せつき》ごと、忌日《きにち》ごとにお布施をくれている大檀家ならば、句会や写経に、いや花見や月見などの宴会の場として、喜んで本堂を貸すが、菩提寺とはいえ、瀬能仁左衛門にそんな義理はない。

とってつけたような法要に住職は嘆息《たんそく》した。

「空いていれば、お貸ししましょう」

住職は乗り気ではないとあからさまに見せつけた。

「……これはお布施でござる」

あらかじめ用意していたとわかる懐紙《かいし》に包まれた金子《きんす》を、瀬能仁左衛門が差し出した。

「これはご奇特なことで」

出さずにすめばとわかるほど、惜しげに差し出されたお布施に住職があきれながらも、合掌《がっしょう》した。

「では、三日後の昼過ぎ、八《や》つ（午後二時ごろ）から一刻お願いできましょうか」

「一刻でございますかな。それでは、夕べのお勤めにかかってしまいますな」

どこの寺でも、朝と夕に読経《どきょう》を本尊へ捧げる。

「で、できるだけ早く終わらせまするので」

「始まりを正午にしていただけば、助かりまするが」

「正午でございますか……」

瀬能仁左衛門が、嫌そうな顔をした。

本家が先祖の法要をするとなれば、その費用は全部持つことになる。といったところで、基本は菩提寺へのお布施、法要に供える米や野菜、酒などの用意である。だが、法要を正午近くにすると、膳の用意が要った。それも一族のためだけでなく、菩提寺の僧侶から寺男《てらおとこ》までのぶんも持たなければならない。

それを嫌がった瀬能仁左衛門が、八つと言い出したのだ。それを住職がわざと口にした。

「相手方が、正午では間に合いませぬので」

「ならばいたしかたございませぬが、かならず夕べのお勤めまでに終わっていただきますよう」

咄嗟《とっさ》に言いわけをした瀬能仁左衛門に、住職が釘を刺した。

菩提寺の許可を取り付けた瀬能仁左衛門は、その足で本郷《ほんごう》にある加賀藩前田《まえだ》家江戸上屋敷を訪れた。

「率爾《そつじ》ながら、拙者旗本小普請組瀬能仁左衛門と申す。貴家のご家中瀬能どのにお目にかかりたい」

こっちは旗本、門番は加賀藩前田家の家臣で陪臣《ばいしん》になる。もっと威丈高《いたけだか》にしても文句は出ないが、瀬能仁左衛門は天下最大百万石の屋敷の威容に呑《の》まれていた。

「瀬能と言われるは留守居役の瀬能数馬《かずま》どののことでよろしいか」

旗本の相手を門番足軽にさせるわけにはいかない。番小屋で足軽たちを統率していた藩士が応対に出てきた。

「さようでござる」

「畏《おそ》れ入りまするが、瀬能どのと言われましたが、当家の瀬能と……」

うなずいた瀬能仁左衛門に、藩士が訊《き》いた。

「同族でござる。一応、こちらが本家になり申す」

「承知いたしましてございまする。しばし、お待ちを」

藩士が動いた。

相手が幕臣と名乗ったところで、門は開かれない。江戸の屋敷は大名の出城《でじろ》として扱われる。正式な幕府の使者でもないかぎり、大門は閉じられての応対になった。

加賀藩前田家留守居役瀬能数馬は、己の長屋で碁盤を前にうなっていた。

「……むう」

「素直なのは人として優れたるところではあるが、政《まつりごと》や対外を担う留守居役にとって、百害あって一利なしぞ」

苦悩する数馬を舅《しゆうと》にあたる加賀藩筆頭宿老本多安房政長《しゆくろうほんだあわまさなが》が手のなかで白石を弄《もてあそ》びながら、あきれていた。

「参りましてございまする」

「それもよくないの」

負けを認めた数馬に、本多政長が嘆息した。

「最後の石を置かれるまで、足掻《あが》かぬか。勝負は最後までわからぬ」

「ですが、こうなってしまえば」

白石に囲まれている黒石を見下ろしながら、数馬が首を横に振った。

「やれやれ」

首を左右に振りながら、本多政長が数馬の持つ黒石を奪い取り、盤面に打った。

「ここにくさびを入れ……」

本多政長が、次々に黒石、白石を置いていく。

「……あっ」

「ほれ、黒が勝った」

驚く数馬に、本多政長が告げた。

「畏れ入りましてございまする」

数馬はもう一度頭《こうべ》を垂れた。

「足掻くことを、数馬は覚えねばならぬな。勝てぬ戦いはある。だが、負けぬ戦いにはできる。その差をよく見るようにいたせ」

「心いたしまする」

本多政長の教導に、数馬は首肯《しゅこう》した。

「殿さま」

機を見計らっていたのではないかと思うほどの間で、女中の佐奈《さな》が声をかけてきた。

「どういたした」

「表門に来客だそうでございまする」

「来客……約束はしておらぬが。誰か」

「お旗本の瀬能仁左衛門さまだと」

怪訝《けげん》な顔をした数馬に、佐奈が告げた。

「瀬能仁左衛門……誰だ」

数馬が首をかしげた。

「同じ姓ということは、一門であろう。そうある名前じゃぞ」

碁石を白黒に分けていた本多政長が口を挟んだ。

「やも知れませぬが……」

瀬能という名字は、鈴木《すずき》や田中《たなか》のように多くはないが、まったくないわけではなかった。

「付き合いはないと言っていたな」

かつて数馬から江戸の親戚との付き合いは途切れていると聞いたことを本多政長が思い出した。

「父の代で書状の遣《や》り取りも途切れたと聞いておりまする」

数馬が答えた。

「本家はどれくらいもらっている」

「祖父に聞いたところでは二百石だとか」

本多政長に問われた数馬が述べた。

「付き合いが切れて当然じゃの。おそらく瀬能の家ではなく、本家のほうから縁を絶ったんだろう。分家は陪臣になったが、本家の五倍という千石をいただく。見下げる思いとうらやましいとの嫉妬《しっと》。赤の他人なら耐えられようが、血が繋《つな》がっているとなれば複雑であろうからな」

「はあ」

数馬が本多政長の指摘になんともいえない反応を示した。

「で、どうする。家中は先日の横山内記《よこやまないき》の一件以来、旗本を屋敷へ招くことを嫌がっておる」

「やはり会うべきだと」

本多政長の言葉から数馬が読み取った。

「何十年と連絡のなかった本家から、今頃の接触ぞ。裏になにがあるのか、気になるではないか」

楽しそうに本多政長が言った。

「わかりましてございまする」

義父が目を細めた。面倒なことにならねばよいがと思いながらも、数馬はうなずいた。

「佐奈、刑部《おさかべ》の衣服を貸せ」

数馬を説得した本多政長が立ち上がって、袴《はかま》の紐を解《ほど》き始めた。

「はい」

「なにをなさるおつもりか」

すんなりと佐奈が従い、数馬が驚いた。

「おもしろそうではないか。用件を聞きたいだろう」

子供のようにはしゃぎながら、本多政長が言った。

「そなたの従者《じゅうしゃ》の振りをしてな、同席いたそうかと思っておる」

刑部は本多家の家臣で、探索方の頭《かしら》を務めている。戦国のころ、軍神と讃《たた》えられた上杉謙信《うえすぎけんしん》の戦いを勝たせるために暗躍した軒猿衆《のきざるしゅう》という忍《しのび》を本多家が受け継ぎ、その組を刑部が預かっていた。

「少し大きいが、さほど目立つまい。あまり本家を待たせるものではないぞ」

着替え終わった本多政長が、口の端を吊りあげながら、数馬を促した。

二

武家における本家というのは、主家に次ぐ扱いを受けた。

分家に用があるならば呼びつければいいし、訪れたならばすぐに奥の客間に案内され、下座で分家が対応する。

しかし、それも交流があればこそであった。

「待たせるの」

不意に来た己が悪いとはわかっているが、それでも本家の矜持《きょうじ》はある。

「書状だけ託して帰るか」

四半刻《しはんとき》（約三十分）ほど経《た》ったところで、瀬能仁左衛門が怒った。

「いや、それはまずい」

今、瀬能仁左衛門が交流の途切れていた数馬を訪れているのは、紀州《きしゅう》藩主徳川権中《ごんちゅう》納《な》言光貞《ごんみつさだ》に、数馬を誘い出せと命じられたからである。

書状だけで従うと思うほど瀬能仁左衛門はめでたくなかった。

光貞にいついつどこでと報告したが、当日数馬は来ませんでしたでは、瀬能仁左衛門は立つ瀬を失う。

「役に立たぬ」

いかに御三家とはいえ、旗本をどうこうすることはできなかった。怒らせたところで、もともと小普請の小旗本なのだ。これ以上悪くなることはまずないが、と同時に瀬能仁左衛門は、二度と浮かびあがることはできなくなる。

小普請組に入れられた旗本が、世に出る、すなわち役付きになるには三つ方法があった。

一つ目は努力することで、算盤《そろばん》あるいは武芸で卓越した才能を世間に見せつける。二つ目は、有力な知り合いあるいは親族からの推挙を受けること。そして三つ目は金を遣《つか》う。

このうち一つでも為《な》し遂げられれば、まず役職を手に入れられる。もちろん、運不運や推薦してくれる者の格、用意できた金額などでならぬときもあるが、御三家の後ろ盾を得られれば、まずまちがいはない。

それも瀬能仁左衛門の家格では望むことさえおこがましい、小《こ》納戸《なんど》や書院番《しょいんばん》など将軍の側《そば》近くに侍《はべ》る役目も期待できる。

うまく将軍に気に入られれば、二百石から数千石への引き立ても夢ではなくなる。

「なんとしても為し遂げねばならぬ。待たされるくらいで怒るな……」

すでに四十歳近い瀬能仁左衛門にとって、今回が最初で最後の好機であった。瀬能仁左衛門は己に言いきかせた。

「瀬能どの。お待たせをいたした。今、当家の瀬能が潜《くぐ》りより出まする」

落ち着くべしと大きく息を吸い、吐いていた瀬能仁左衛門に藩士が声をかけた。

「かたじけなし」

瀬能仁左衛門が、藩士に謝意を示した。

「……貴殿が瀬能仁左衛門どのでござるか。拙者が瀬能数馬でござる」

潜り戸を出た数馬が、目の前にいた瀬能仁左衛門に問うた。

「いかにも。瀬能本家の当主仁左衛門じゃ」

光貞に見捨てられるという恐怖が、瀬能仁左衛門をして強気に出させた。

「早速でござるが、役儀中なればご用件を承《うけたまわ》りたい」

約束なしの来訪には応対する義務はない。さっさと用件を話して帰れと、暗に数馬が告げた。

「むっ……本家の者を長屋に迎え入れさえせぬと」

「ご存じの通り、我が主家前田は外様《とざま》でございまする。由縁《ゆえん》なきお旗本衆とのおつきあいは、御上《おかみ》をはばかりますれば」

機嫌を悪くした瀬能仁左衛門に、数馬が応じた。

「御上への気遣いとあればいたしかたなし」

それでもと強弁するわけにはいかなかった。

「一族ながら、加賀にありて顔を合わすこともなかったそなたが、江戸詰になっておると聞き、この機を逃せば、揃って先祖の供養をいたすこともなかろうと思い、年忌というわけでもないが、法要を執りおこないたい」

「先祖法要でございますか」

幕府の考えが忠孝だけに、先祖供養と言われれば断りにくい。

「いつでございましょう」

「三日後の昼八つ、目白《めじろ》の栄隣寺《えいりんじ》じゃ」

「それはまた急な」

数馬が驚いた。

通常、法要などをおこなうときは、少なくとも二十日ほど前に報《しら》せを出す。そうでなければ、役目に就《つ》いている者などは休みをもらうための手配が間に合わないときもある。

「二十年以上、本家の墓に参っておるまいが。もし、この機を逃せば次はいつになる。百年後か」

なんとしてでも数馬の諾を取らなければならない。瀬能仁左衛門は必死であった。

「されど主家の用がござる」

「うっ」

武士にとって、主命ほど重いものはなかった。たとえ親であろうとも、主命が出れば討たなければならないのだ。先祖の供養といえども、主命には敵《かな》わなかった。

「殿」

刑部に扮《ふん》している本多政長が楽しそうな顔で、数馬へ声をかけた。

「なんだ、刑部」

少し頬を引きつらせるくらいで感情を抑えた数馬が、本多政長に問うた。

「お役目でございましたら、他のお方もおられましょう。前田の殿さまはお国元でございますれば、不意の御用もございますまい」

法要へ行けと本多政長が示唆《しさ》した。

「そなたは」

口を出してきた本多政長に、瀬能仁左衛門が誰何《すいか》した。

「この者は、当家にかかわりのある者でござる」

本多政長ではなく、数馬が答えた。

「さようか。なかなか孝をよく知る者であるの」

思惑《おもわく》に合わせた本多政長を瀬能仁左衛門が、褒《ほ》めた。

「では、当日の」

長居は反論の機を与えることにもなる。瀬能仁左衛門はさっさと背を向けた。

「義父上《ちちうえ》……」

「罠《わな》だというのであろう」

小声で文句を言う数馬に本多政長が笑いを浮かべた。

「わかっていながらなぜでございまする」

「おもしろいではないか。おぬしを罠にはめようとする者が出てきてくれたのだ」

難しい顔で問い詰める数馬に本多政長が笑った。

「罠があるとわかっていれば、はまることはなかろう。どころか、破ることもできるはずだ」

「知らずにはまるよりはましでしょうが、相手の罠がこちらの想定をこえているという怖れもございまする」

油断はできないと数馬が言った。

「災難とわかっているならば近づかぬが吉という教えもございまする」

「塚原卜伝《つかはらぼくでん》か」

本多政長が応じた。

稀代《きたい》の剣豪として知られる塚原卜伝の逸話に、繋がれていた馬の側を通るとき大きく避けるようにしたというのがある。

「なぜそのようなまねをなさったのか」

そう聞かれた塚原卜伝は、

「馬の後ろはいつ蹴られるかわからない。わかっている危険に立ち向かうのは無駄なことだ」

と答えたという。

それに数馬がなぞらえたことを本多政長は悟ったのであった。

「そろそろ後顧《こうこ》の憂《うれ》いをなくすべきだと思ってな」

「後顧の憂いでございますか」

本多政長の言葉に、数馬が怪訝な顔をした。

「儂《わし》は国元へ戻る。となれば、それを止めようとする者、あるいは儂のいなくなった後を隙《すき》と見る者が出てこよう」

「出て参りましょう」

戦国一の謀臣《ぼうしん》本多佐渡守正信《さどのかみまさのぶ》の孫という名前は重い。利用するにせよ、邪魔だと排除するにせよ、国元での手出しは難しい。人を集めるにせよ、謀略を巡らせるにせよ、目立つうえに、本多の地元だけに地の利は攻め手にない。

そして、今回の出府《しゅっぷ》はおそらく本多政長最後のものになる。

ここぞとばかりに狙ってくるのは当然であった。

「江戸屋敷は横山を抑え、村井《むらい》に預けた。まだ遠慮があるとはいえ、村井ならば無様なまねはすまい。これで儂の目的は果たせた。後は、もう一度上様にお目通りをいただき、お別れをさせていただくだけ。その前に馬鹿をする者の正体を確認しておき、上様へお願いする」

「上様へ……」

本多家、いや前田家のことに五代将軍綱吉《つなよし》を使うと本多政長は言った。聞いた数馬が絶句したのも無理はなかった。

「なにを驚いている。よいか、武士はすべからく主家のためにあるべし。主家がなくなれば、己も浪人することになる。そして浪人は武士ではない。そうなれば、先祖の功もなにもなくなる。そのようなことにならぬよう主家を守るのが家臣の役目」

「どのような手立てを取ってもよいと」

本多政長の言いたいことを数馬は理解した。

「そうだ。使えるものはなんでも使う。それが殿であろうと、上様であろうともな」

「…………」

あらためて義父の恐ろしさを知らされた数馬が黙った。

「これが百万石を支える筆頭宿老……」

数馬が震えた。

「うむ。そしておぬしはその娘婿よ」

本多政長がにやりとわらった。

加賀藩前田家の上屋敷を離れた瀬能仁左衛門は、その足でふたたび紀州藩中屋敷へと足を向けた。

「瀬能仁左衛門でございまする。権中納言さまにお目通りを」

門前で頼んだ瀬能仁左衛門を門番士が冷たく迎えた。

「用件を」

「直接権中納言さまにご報告をしたい」

手柄《てがら》というものは、人伝になればなるほど軽くなる。どうしても手柄をなした本人ほどの熱意がなくなるからだ。

武士というのは、己の手柄を大きく言うことで褒美《ほうび》をもらってきた。瀬能仁左衛門の望みは当然のものであった。

「殿はご多用である。返答はここで伺うようとのお指図をいただいておる」

「そんな」

門番の返事に瀬能仁左衛門が、唖然《あぜん》とした。

「報告を」

「せめて遠目にだけでも」

直接の報告はあきらめるが、その場にいるかどうかで光貞の気分も変わる。

瀬能仁左衛門が、あがいた。

「殿はお出《い》でにならぬ」

「どちらへ」

「教えることは許されておらぬ」

どこに行けば会えるかという瀬能仁左衛門の要求を、門番は一言で切って捨てた。

「逡巡《しゅんじゅん》していたと申しあげてもよいと」

「それは困る」

褒美を吊り上げていると見られては、心証が悪くなる。もちろん、少しでも褒美を多目にもらおうと考えて、直接の目通りを求めたのはたしかであったが、嫌われては元も子もなくなる。

「三日後、目白の栄隣寺で昼八つにと約しましてござる」

「目白の栄隣寺に、三日後の昼八つであるな。承知した。まちがいなくお伝えする」

がっくりとしながら口にした瀬能仁左衛門に、門番は冷静に応じた。

「お頼み申す」

「ご懸念《けねん》あるな」

しつこく願った瀬能仁左衛門に門番がうなずいた。

三

加賀百万石の居城金沢《かなざわ》城大広間に、長《ちょう》家家臣永原主税《ながはらちから》は一人呼び出されていた。

「…………」

呼び出される理由に思い当たることがあるだけに、永原主税は落ち着かない様子で目を周囲にさまよわせていた。

「御成《おなり》である」

座敷の隅で永原主税を見張っていた横目付《よこめつけ》が、険しい声で前田加賀守綱紀《つなのり》の出座を報せた。

「……はっ」

永原主税が平伏《へいふく》した。

「面《おもて》を上げよ」

衣擦《きぬず》れが続いた後、厳《おごそ》かな声が顔を見せろと命じた。

「…………」

指示だからといって背筋を伸ばしてはいけない。顔だけを上に向けるようにして、永原主税が窺《うかが》うようにして綱紀を見上げた。

「ふん、小賢《こざか》しそうな面《つら》じゃの」

綱紀が不機嫌さを露骨に見せた。

「まことに」

綱紀の右手から同意する声がした。

「……主殿《とのも》」

目をやった永原主税が端座する本多政長の嫡男《ちゃくなん》主殿に気付いた。

「無礼ぞ、主税。そなたが呼び捨てにできるほど、本多の名前は軽くはないわ」

綱紀が永原主税を叱りつけた。

「申しわけございませぬ」

「詫《わ》びる相手をまちがっておろう」

頭を下げた永原主税に綱紀があきれた。

「……本多さま、ご無礼を仕《つかまつ》りましてございまする」

永原主税が言われたとおりに、本多主殿へ謝罪した。

「まったく浅いわ」

本多主殿を見ることなく、頭を下げたままの謝罪に綱紀が嘆息した。

「そなたと主殿では、器量が違いすぎる。それくらい気付け」

「……………」

綱紀に言われた永原主税が沈黙した。

「不満そうじゃの」

顔を見ずとも雰囲気で永原主税の思っていることなどお見通しだとばかりに、綱紀が苦笑した。

「己が上だと信じていたか。まったく愚かな。主殿がなぜ無能に見えた」

「そのようなことは」

依然として顔を上げずに永原主税が首を横に振って見せた。

「ふん」

綱紀が鼻で嗤《わら》った。

「主殿が器量を隠していたわけではない。その片鱗《へんりん》は見せていた。だが、誰もそれに気付かなかった。余《よ》と対馬《つしま》を除いての」

対馬とは加賀藩前田家の本家筋に当たる前田対馬孝貞《たかさだ》のことだ。戦国の常、本家よりも分家が繁栄し、本家が分家の家臣となっているなど珍しくもなかった。

「でなくば対馬は娘を嫁にやらぬわ」

「…………」

少しだけ永原主税の肩が動いた。

「まだわからぬか。これは思っていた以上に愚か者であったか。呼び出す価値もなかったわ」

綱紀がため息を吐《つ》いた。

「畏れながら、お教えくださいませ」

ここまで言われては、その理由を知りたくなる。永原主税が僭越《せんえつ》とわかっていながら求めた。

「もう、どうでもよいのだがな、そなたのことなど」

綱紀が冷たく断じた。

「だが、またぞろ馬鹿をしでかされては面倒じゃ」

嫌そうな顔をしながら、綱紀が語った。

「日輪《にちりん》の前に月は輝けまい」

「……日輪」

永原主税が怪訝そうな声を出した。

「日輪は安房じゃ」

面倒くさそうに綱紀が付け加えた。

「輝く日輪の陰では月は目立つまい。ただそこにあるだけにしか見えぬ」

綱紀が噛《か》んで含めるように言った。

「主殿さまは月だと」

「ああ、それも十五夜じゃ」

確かめるように訊いた永原主税に綱紀が述べた。

「日輪がなくば、十分輝くであろうし、皆を照らすであろう」

綱紀が主殿を手放しで褒めた。

「畏れながら、今ひとつ」

「さっさと申せ」

「主殿さまが満月ならば、わ、わたくしめはなんでございましょう」

「蠟燭《ろうそく》じゃの」

尋ねる永原主税へ、綱紀が告げた。

「おおっ、蠟燭でございまするか」

星明かりに喩《たと》えられるより、蠟燭のほうがはるかに明るい。

永原主税が喜んだ。

「近づく者だけを照らすだけの力しかない蠟燭じゃ。照らせても一部屋だけ、隣室まては届かぬ」

「な、なんと仰《おお》せか」

どうしようもないとあきれ果てた声の綱紀に、永原主税が憤《いきどお》った。

「そうであろう。愚かなそなたが考えた長家の独立。それが前田にとってどれだけの悪手であったかわかってさえおらぬ。そもそも考えたのか。独立した大名になるということは、参勤交代もせねばならぬ、お手伝い普請という名の賦役《ぶやく》もある。なにより転封《てんぽう》もある」

「能登《のと》は長家本貫《ほんがん》の地でございまする」

転封などとんでもないと永原主税が声をあげた。

「阿呆《あほう》。御上がお決めになったことを断れるか。それが大名というものだ。ああ、当家は頼るなよ。前田を捨てて独立するのだ。一切の口利きはせぬ」

綱紀が切り捨てるように言った。

「あと減封もあるな。いや、取り潰しもある。さすがに長の祭祀《さいし》を慮《おもんぱか》ってくださるだろうが、いいところ三千石の旗本だな」

「そんな……」

思ってても見なかったと永原主税が呆然《ぼうぜん》とした。

「本貫地なんぞ、御上にとってはどうでもいいのだ。毛利《もうり》の本貫地は安芸《あき》だが、今は長州《ちょうしゅう》だ。肥後《ひご》の細川《ほそかわ》に至っては、本貫地は山城《やましろ》だ。他にも仙台《せんだい》の伊達《だて》、米沢《よねざわ》の上杉、秋田《あきた》の佐竹《さたけ》と転封させられた大名は多い。長だけが特別扱いされると思うほうが、どうかしているぞ」

「…………」

綱紀に心底あきれられた永原主税が脱力した。

「己の都合だけで動く者はそのていどじゃ。己が動くことも大事だがの、周りを使ってものごとを進めるほうが、邪魔も入りにくいし、なりやすい。まあ、もう遅かったがな」

綱紀がそこで一度話を切った。

「長家一門永原主税、この度《たび》の騒動について申し渡す」

綱紀が威厳を表した。

「金沢から構う。二度と城下へ入ることを許さぬ。ただちに去れ」

咎《とが》めを綱紀が言い渡した。

永原主税は長家の家臣であり、綱紀からすれば陪臣になる。陪臣に直接咎めを下すことはあまりなく、ほとんどの場合は長家へ処分するように命じる。陪臣への口出しは、忠義という点で問題になることもあるからだが、今回の処分は綱紀の持ちものといってもいい城下への立ち入りを制限しただけで、いわば家への出入り禁止でしかない。

さすがにこれには誰も文句を付けられなかった。

「主殿」

「はい」

綱紀が主殿を促して、大広間を出た。

「まったく無駄であったな」

「申しわけございませぬ。こちらで対処しておくべきでございました」

疲れた顔をした綱紀に、主殿が詫びた。

「それは止《や》めよ。いかに奸臣《かんしん》だとはいえ、長にとっては一門に連なる重臣だ。主家たる余から言われたならば我慢もしようが、いかに筆頭宿老とはいえ本多と長は同僚じゃ。押さえつけられたと思えば、それは意趣遺恨《いしゅいこん》になる」

今さら永原主税を殺すなよと綱紀が釘を刺した。

「承知いたしましてございまする」

本多主殿が首肯した。

「阪中玄太郎《さかなかげんたろう》についてだが」

綱紀が永原主税のことから話を変えた。

阪中玄太郎は、永原主税が差配《さはい》していた能登歩き巫女《みこ》の一人に惚《ほ》れこみ、本多主殿を貶《おとし》める策に手を貸した平士《へいし》であった。

「腹を切らせた」

あっさりと綱紀が告げた。

「本多に手出しすることは、余に嚙みつくも同じであるからの」

「畏れ多いことでございまする」

綱紀の言葉に、本多主殿が手を突いた。

「さて、嫌な話はここで終わろう。凶事《きょうじ》を払拭《ふっしょく》するには慶事《けいじ》をもってなすべしじゃ」

すっと綱紀が纏《まと》っていた剣呑《けんのん》な雰囲気が霧散した。

「慶事と申されますと、殿、お国御前さまがご懐妊を」

本多主殿が身を乗り出した。

正室《せいしつ》であった保科肥後守正之《ほしなひごのかみまさゆき》の四女摩須姫《ますひめ》との間に子はできなかったが、綱紀は側《そく》室《しつ》たちとの間に二男二女を儲《もう》けていた。しかし、男子二人と長女は早世、あるいは死産してしまい、跡継ぎとなる男子がいない状況にあった。

大名にとって、領内の政と同じくらい重要なのが跡継ぎを作ることであり、綱紀の後継者について、家中の誰もが気をもんでいる。

本多主殿が興奮したのも当然であった。

「違うわ」

その期待の大きさに、綱紀が苦笑した。

「では、ご継室さまをお定めになられましたか」

身を乗り出したまま本多主殿が訊いた。

「継室は要らぬ。面倒じゃ」

綱紀が嫌そうな顔をした。

摩須姫は十一歳で綱紀に嫁《とつ》ぎ、十九歳で子を産むが母子ともに出産に耐えきれず、死亡してしまった。才色兼備で保科肥後守の薫陶《くんとう》を受け、穏やかで控えめであった摩須姫を綱紀は深く愛しており、その死に際して大いに気落ちしていた。

また摩須姫が側室の娘ながら百万石へ嫁ぐことを不満と感じた保科肥後守の正室お万《まん》の方《かた》が、摩須姫を毒殺し、実娘の媛姫《はるひめ》を後釜《あとがま》にしようとする騒動も、綱紀をして継室問題を避ける要因になっていた。

「はて、ではなにがございました」

本多主殿が首をかしげた。

「そなたの義理の妹じゃ」

「わたくしの……瀬能の」

綱紀に言われた本多主殿が驚愕《きょうがく》した。

瀬能家は琴《こと》の化粧料を含めて一千五百石食《は》んでいる。一千五百石といえば、大身のようにも思えるが、百万石の前田家では中士でしかなく、当主が名前を知っていなくても不思議ではないていどの家柄であった。

「数馬のおかげで碌《ろく》でもない縁談はあっても、良縁には恵まれず、まだ独り身だというではないか」

「まさか、御側へ……」

本多主殿が息を呑んだ。

綱紀の側室は三人いるが、皆家中の娘ばかりであり、瀬能の妹を召し出したとしてもおかしくはなかった。

「余から離れんか」

綱紀があきれた。

「ですが、瀬能ごときの妹に、殿がわざわざ……」

「なにを言うておるか。そなたらが手当てせぬゆえ、余が手出しをすることになる。爺《じい》もそうだが、本多は婚姻を甘く見すぎじゃ。よいか、数馬と琴の間に子が生まれれば、それは本多の血筋でもあるのだぞ。その子の叔母《おば》になるのが数馬の妹じゃ。妹を手中に収めておけば、そこから干渉することもできよう」

「それくらいならば、本多が守りまする」

「手出しからは防げても、それのために本多、数馬、そして琴の手が取られることになる。その隙を突かれぬとの保証はあるのか」

「……ございませぬ」

諭《さと》された本多主殿が首を横に振った。

「であろう。ならば、最初からそういった危惧《きぐ》を排除しておくべきだ」

「至りませず……」

本多主殿が頭を垂れた。

「それにな、そなたは忘れておらぬか」

「なんでございましょう」

綱紀に言われて本多主殿が怪訝な顔をした。

「数馬の妹は、琴の義妹。数馬の子の叔母だということを」

「…………」

一瞬、本多主殿が呆然となった。

「爺と数馬が金沢へ戻ってくるまでに考えておけよ。先回りして、そなたが案を出せば、爺の見る目も少し変わろう。いずれ、そなたが前田を支えるのだ。余の子を、百万石を任せるつもりである」

「はっ」

主君の期待に、本多主殿が震えた。

四

「見事に晴れましたな」

「…………」

瀬能仁左衛門との約束の日、加賀藩邸を出た本多政長を数馬はあきれた目で見ていた。

「今日もその形《なり》でございますか」

「ふふっ」

ため息を吐く数馬に、本多政長が笑った。

「似合っておるだろう」

刑部の衣服を借りて、本多政長は数馬の家士に扮している。

「まことにお似合いで」

その後ろに草履《ぞうり》取りの姿をした刑部一木《いちもく》が付き従い、

「お戯れはほどほどに願いまする」

瀬能家の家士石動庫之介《いするぎくらのすけ》が苦い顔をして、最後尾を守っていた。

「よいではないか。江戸のよい思い出になる」

本多政長が楽しげに応じた。

「ご身分をお考えいただきますよう」

数馬が苦言を呈した。

「身分……そんなもの、本多にはないわ」

鼻を鳴らして本多政長が笑いを消した。

「もともと本多家は武士でさえない、三河松平《みかわまつだいら》家の鷹匠《たかじょう》であった。いや、もっと遡《さかのぼ》れば、京の賀茂《かも》神社が三河に設けた末社の神官ぞ。寒中であろうとも足袋《たび》を履くこともできぬ小者《こもの》に近い出じゃ。祖父佐渡守が神君家康さまにお仕えしたおかげで武士になり、出世もしただけじゃ。先祖の功で今在るだけ。偉ぶるなど恥ずかしくてできぬわ」

「義父上……」

「老中《ろうじゅう》じゃ、譜代《ふだい》大名じゃ、三河以来の家柄じゃ。ご大層に胸を張っておるがの、もとはどれもその日喰いかねていた貧しい土豪じゃ。それを大名にまで引き上げてくださったのは神君家康公であり、骨身を惜しまずご奉公した先祖じゃ。なにを己が手柄のような面をさらしているか」

本多政長が嘲笑した。

「それも己の家のなかだけで終わらせていればまだいいものを、天下の執政《しっせい》でございと出しゃばって、上様よりも偉いという顔をする。分《ぶん》をわきまえぬにもほどがあるわ」

「それくらいに……」

誰のことを指しているのかわかった数馬が、本多政長をなだめにかかった。

「……ふん」

不満そうに本多政長がもう一度鼻を鳴らした。

「あれのようでございまする」

見えてきた山門に数馬が声をあげた。

「来たことはないのか」

「ございませぬ。わたくしどもの菩提寺は、ここではなく金沢にございますので」

問うた本多政長に数馬が首を横に振った。

「ふむ。そなたは金沢で生まれ金沢で育ったのだったな。ならば、江戸の本家のことなど気にもしておらぬとしても咎められぬわ」

本多政長がしかたないと首を横に振った。

「用意はしておるのだろうな」

「些少《さしよう》ではございますが」

訊かれた数馬がうなずいた。

「いくら包んだ」

下世話な話を本多政長がした。

「三両でございますが……少なすぎましょうか」

数馬が妥当かどうかを尋ねた。

「普段の法要ならば、一両でも十分じゃがな。本日は本家の招きじゃ。それも裏の匂いが濃いやつよ」

「はい」

今までほとんど付き合いのなかった本家が不意に来て、法要へ出てこいと言うなど、どう考えてもおかしい。敵の多い数馬が警戒するのは当然であった。

「見た様子では、本家はただの使い走りだろう。だが、そなたを罠にはめる手伝いをしたのだ。こちらが多少の嫌がらせをしても文句は言えまいよ」

本多政長が口の端を吊りあげた。

「多少の嫌がらせ……でございますか」

「そなた紙入れにいくら入っておる」

引き気味になった数馬に、本多政長が告げた。

「お布施の三両を除けて、二両ございまする」

「合わせて五両か。少し足りぬの。刑部」

答えた数馬に、本多政長が刑部を見た。

「どうぞ」

刑部がすばやく懐《ふところ》から巾着財布《きんちゃくさいふ》を出して、本多政長に渡した。

「後で返せよ」

本多政長が念を押しながら、数馬に二十五両の金包みを差し出した。

「えっ……」

手に金包みを握らされた数馬が驚愕した。

二十五両といえば、民が一家で二年は生きていけるだけの大金であった。一千五百石取りの瀬能家の年収がおよそ七百両、それで江戸と国元の生活を支えなければならないだけに、数馬も滅多に金包みを見ることはなかった。

「あのご本家どのが、どれだけ寺に渡すのかは知れぬが、分家たるそなたより少ないというわけにはいくまい。さぞかし慌《あわ》てられるだろうな」

本多政長が瀬能仁左衛門に赤恥《あかはじ》を掻《か》かせると言った。

「……………」

まだ数馬は呆然としていた。

「二度と加賀の分家には手出しせぬと思い知らさねばならぬ。でなくば、また利用する者が出てくる。羹《あつもの》に懲《こ》りて膾《なます》を吹くではないが、身体に覚えさせるべきじゃ」

本多政長が険しい顔をした。

「義父上も……」

「五万石の分家なぞ、大名でもそうそうないわ」

確かめるような数馬に、本多政長が吐き捨てるように言った。

もともと分家というのは、本家に血筋が絶えたときの補充、本家が滅んだときに家名を残すために作られる。つまりは、本家の予備であった。

「黙って従え」

そもそも分家というのは、本家を継げなかった弟や従兄弟《いとこ》、叔父甥《おい》、娘婿などが創始となることが多い。そのためできた当初は、本家の家臣に近い状況に置かれる。

しかし、乱世では本家が滅んだり、衰退したりして分家よりも勢いを失うことはままある。いや、手柄を立てて分家が本家に勝ることも少なくなかった。

だが、それを受け入れられない者はどこにでもいた。

「分家が本家よりも高禄など許されぬとか申す馬鹿もおる。また、まったくかかわりのない者が、たかが分家のくせにと罵《のの》しっても来る。悔しければ、その分家をこえるだけの働きをしてみればいい。たしかに本多は、御上にとって扱いにくい。今更本家を復活させて、大名にとはいかぬ。それが謀臣の定めでもある。謀臣はどうしても主家の裏側を知る。いや、闇を差配する。主君は清廉潔白でなければならぬ。そして、闇は主家が頂点に立った途端不要になる」

「謀臣の末路……」

数馬が息を呑んだ。

「わかっておるのかの、数馬」

「なにをでございましょう」

不意に声を低くした本多政長に、数馬が身構えた。

「留守居役こそ、今の世における謀臣だと」

「……それはっ」

言われた数馬が驚愕した。

「かつて槍で遣り合った他家との争いが、言葉と仕込みに変わった。そして、他家と最初に交渉するのは留守居じゃ。留守居がこれからの藩を守る謀臣である」

「…………」

「留守居は藩の汚いところを見る。他家に知られぬように隠すには、それがどのようなものかを知らねばならぬからの」

「藩の闇を知る者……」

数馬が目を大きくした。

「そなたもいくつか見たであろう。前田の暗く深い闇を」

「…………」

なにも数馬は言えなかった。

「しっかりと考えろ。闇を知った者は藩にとって恐怖である。逃げ出した留守居役の小沢兵衛《おざわひょうえ》のために殿が堀田備中守《ほったびっちゅうのかみ》さまと会って話し合われるほど、藩にとっての大事になったのはそのためだ」

「小沢が死なねばならなかったのは……」

「うむ」

確認するような数馬に、本多政長がうなずいた。

「闇を知る者、謀臣は悲惨な末路を迎える。ならば、なぜ儂《わし》は筆頭宿老のままいられる。加賀の本多家はなぜ五万石という高禄を受け継げている」

「……わかりませぬ」

問われた数馬が首を左右に振った。

「簡単なことだ。闇を知るのではなく、操ればいい」

「闇を操る……」

「そうよ。どうやったところで御上を含めて、政には闇がつきものだ。きれいごとで、世のなかは回らぬ。闇は必然なのだ。避けられぬならば、その闇を使えばいい。闇を役に立てることができる。そう、操れる者は要る。加賀の本多は、前田の闇を預かってきた。それゆえ、前田家代々の殿は本多家を大事にしてくださっている」

そう言って本多政長が数馬を柔らかい眼差《まなざ》しで見た。

「ようこそ、数馬。そなたはこちら側に来た」

本多政長が諸手《もろて》を広げた。

五

栄隣寺では、瀬能仁左衛門が静かに待っていた。

「…………」

菩提寺の住職も本堂にいたが、来るであろう瀬能の親族への義理のようなものなのか、瞑目《めいもく》したまま瀬能仁左衛門の相手はしていなかった。

「どうぞ、こちらでございまする」

「お見えのようじゃな」

山門で来客の対応をしている若い僧侶の声に続いて、幾人かの足音を聞いた住職が目を開けた。

「刻限より少し早め。かといって早すぎず、なかなかなお方のようでござる」

住職が瀬能仁左衛門に話しかけた。

「留守居役をいたしておるゆえでございましょう」

「なるほど。どれお出迎えを」

興味なさそうな瀬能仁左衛門を残して、住職が本堂の入り口へ移った。

「御免を仕る。瀬能数馬でござる」

名乗りながらも最初に入ってきたのは、数馬ではなく石動庫之介であった。

「……殿」

すばやくなかを確認して、伏せ勢がないことを確認した石動庫之介が数馬へ声をかけた。

「うむ」

ようやく数馬が本堂へと入った。

「…………」

続いて本多政長と刑部が続いた。

「これはご住職さまでございまするか。加賀藩前田家の瀬能数馬と申しまする」

尋常ではない警戒に驚いていた住職に、数馬が名乗った。

「あ、いや。当寺の住職西遠《さいえん》でございまする。本日はようこそのお参りでございまする」

吾を取り戻した住職が名乗りを返した。

「本日は先祖の遠忌法要を営んでいただきますとか」

「えっ……」

西遠と名乗った住職が、一瞬戸惑った。

「はて、瀬能家のご初代のご命日は、まだ先であったはず」

「ご本家どの……」

すっと数馬の目が奥で戸惑ったまま動けない瀬能仁左衛門に向けられた。

「いや、その、忌日ではないとはわかっておったが、滅多に参れぬそなたのためにだな……」

瀬能仁左衛門がおたおたしながら、言いわけをした。

「では、ご法要でございましたか。そうとは存じず、用意ができておりませぬ。今すぐに」

西遠が、用意を調えようと立ちあがりかけた。

「あ、ご住職どの」

数馬がそれを制した。

「ご法要のことはおいて、これは子孫の一人としての先祖供養でございまする。なにぶん、江戸に参ることはなかなかに難しく、また無沙汰をいたすことにもなりましょうほどに」

些少ながらと言いながら、数馬は金包みを差し出した。

「……こ、こんなに」

二十五両という大金に西遠が驚愕した。

たしかに檀家のなかで豪商ともなれば、お堂一つ、鐘楼《しょうろう》一棟を寄進する者もいる。だが、それこそ何十年に一度あるかどうかで、普段はどれほどの豪商であろうとも、お布施は十両ほどである。もちろん、豪商の初代の法要ともなれば参列者がそれぞれにお布施を包むので、合わせれば五十両近くなることはあるが、さすがに一人で二十五両は、しかも昨今金に困っている武家ではまずなかった。

「どうぞ、お納めを」

受け取ったまま固まっている西遠を、数馬が促した。

「あ、これは、なんと申しあげましょうか、ご孝心深きことでございまする。篤《あつ》く感謝をいたしまする」

西遠が金包みを押しいただいて、懐へ仕舞った。

「では、さっそく用意を……どうぞ、ご本尊さまのお前でお待ちを。おい、敷物をご用意いたせ」

大声で庫裏《くり》の僧侶に指示して、西遠があわてて出ていった。

「…………」

その有様を瀬能仁左衛門が啞然としながら見ていた。

「いかがなされた、ご本家どの」

どちらも瀬能だけに、名字で呼ぶ気にはなれない。数馬が動きを止めている瀬能仁左衛門に問うた。

「そ、それほど千石とは裕福なのか」

瀬能仁左衛門が絞るように言った。

「裕福というわけではございませぬが、これくらいは」

妥当な金額ではないかと、先ほど用意したお布施三両など忘れた顔で数馬が述べた。

「そ、そなた嫁は……吾《わ》が娘はどうだ」

「あいにく、先日祝言《しゅうげん》を挙げたばかりでございまする」

娘を押しつけようとした瀬能仁左衛門に、数馬が告げた。

「で、では、妹はおらぬか」

数馬は見るからに若い。また、祝言を挙げたばかりでは、娘などいないとわかる。

瀬能仁左衛門が続けて訊いた。

「妹はおりまするが、国元で縁談がございまして」

数馬の妹美津《みつ》は、旗本から加賀藩士になった特異な家柄というのと、堂々たる隠密《おんみつ》と言われる本多家との縁ができたことで、より嫁入りが難しい状況になっていた。いや、縁談はいくつもあった。なかには瀬能家よりも格上の家からのものもあった。ただそれらには、加賀藩を牛耳《ぎゅうじ》っている本多家へのつながりを求めた打算、綱紀の覚えめでたくこれから出世していくだろう数馬の足を引っ張ってやろうといった裏が透けて見えていた。が、縁談には違いなかった。

「そのようなもの断れ。本家に分家から嫁を出せるなど、名誉であるぞ。わかっているのか、そなたは陪臣、吾は旗本である」

瀬能仁左衛門が数馬に迫った。

「父の意見もございますれば」

「そなたが当主であろう」

回答を延ばそうとした数馬を瀬能仁左衛門が叱った。

武家でも商家でも同じだが、すべては当主が決めた。当主の決断には、父親であろうが祖父であろうが、隠居した者は否やをいえない。当然、妹の意思など端《はな》から考慮の対象にもならない。

「では、当主としてお答えいたしましょう。お断りいたしまする」

「な、なにを」

拒絶した数馬に瀬能仁左衛門が驚いた。

「本家の命じゃぞ」

「分家を嵌《は》めようとする本家など、本家とは思いませぬ」

喰いさがった瀬能仁左衛門を数馬が突き放した。

「あわっ……」

見抜かれていたと知った瀬能仁左衛門が混乱した。

「そろそろお出ましになられてはいかがかな」

どこにいるかはわからないが、住職の態度から本堂内に潜んでいるとは思えない。数馬は後ろを振り向いて、開け放たれたままの本堂の入り口から外へ向かって大声を出した。

「情けなきよな」

嘲笑《ちょうしょう》が数馬の呼びかけに返ってきた。

「開かせよ」

「はっ」

声の指図で、本堂入り口がさらに大きく開かれた。

「頭《ず》が高いわ。陪臣」

先触れとして入ってきた壮年の武士が、立っている数馬を咎めた。

「誰かわからぬ者に下げる頭は持たぬ」

数馬が言い返した。

「きさまっ……」

「………」

正論で言い返された壮年の武士が太刀の柄《つか》に手をかけた。

すかさず、石動庫之介が前に出て、腰を落とした。

「こいつ」

壮年の武士が怒りのまま、太刀を抜こうと鯉口《こいぐち》を切った。

「止めよ。与吾郎《よごろう》」

本堂へ大柄な初老の武士が入ってきた。

「紀州公じゃ」

数馬の陰へ隠れるようにうつむいていた本多政長が小声でささやいた。

「……………」

一瞬数馬は驚いたが、留守居役の経験がそれを気づかれないていどで押さえこんだ。

「紀州徳川権中納言じゃ」

入ったところで足を止め、徳川光貞が名を告げた。

「はっ」

すぐに数馬が片膝を突いた。それよりも早く本多政長と刑部は平伏していた。

「庫之介」

「はっ」

数馬に言われるまで与吾郎と呼ばれた武士を牽制していた石動庫之介も、急いで平伏した。

「ほう……」

石動庫之介の行動に徳川光貞が目を細めた。

家士というのは、主君に尽くすものであり、相手が誰であれ、主に危害を加えようとするならば、指示あるまで警戒するのが当然の対応であった。

「よき家臣を持つの」

「畏れ入りまする」

家臣を褒められたときは、当人ではなく主が礼を言う。これも決まりごとであった。

「……ふむ」

一通りその場にいる者を上から眺めて、徳川光貞が本尊前に用意されていた数馬が座るはずだった敷物の上に腰をおろした。

「…………」

与吾郎と別の家臣が、その前に控え、警固の姿勢を取った。

「面をあげよ」

徳川光貞が数馬に命じた。

「ははっ」

すっと身体の向きを変え、本多政長が徳川光貞の目に留まりにくくなるよう、数馬が動いた。

「名乗りを許す」

「お側の方まで申しあげまする。加賀前田家が家中、瀬能数馬にございまする。権中納言さまには、お目通りをお許しいただき、恐悦至極《きょうえつしごく》に存じまする」

徳川光貞の指図に従ったとはいえ、身分が違いすぎる。直答は無礼として咎められかねない。

「よい。直答を許す」

数馬の対応に、徳川光貞が手を振った。

「そなたが琴の婿か」

「さようでございまする」

許可が出たとはいえ、徳川光貞の顔を見上げるのはまずい。数馬は徳川光貞の胸あたりに目を向けながら、応じた。

「そなたいかほどの禄を加賀守からもらっておる」

「本禄として一千石をいただいておりまする」

「なかなかじゃが、琴の婿になるにはいささか、いやかなり不足じゃの。琴の夫になるには、せめて一万石はないと釣り合わぬ」

「…………」

答える意味もないと数馬は沈黙した。

「面倒な話はせぬ。瀬能」

「はっ」

「ははっ」

数馬と瀬能仁左衛門が反応した。

「そちではないわ。それくらいわからぬか」

徳川光貞が瀬能仁左衛門を叱りつけた。

「申しわけございませぬ」

「余がよいと言うまで、黙っておれ」

瀬能仁左衛門に釘を刺した徳川光貞が、数馬へと目を戻した。

「琴と離縁いたせ」

「お断りいたしまする」

予想は付いている。数馬は逡巡なく拒絶した。

「そなた、余の命が聞けぬと」

「聞けませぬなあ。権中納言さま」

数馬をにらみつけた徳川光貞に応じたのは、本多政長であった。

「小者風情がなにを……」

「わたくしの顔をお忘れでございますかな。お久しゅうございまする、若殿、いや、権中納言さま」

身なりから判断しかけた徳川光貞を、本多政長が遮《さえぎ》った。

「……なんだと」

徳川光貞が目をすがめて本多政長を見た。

「なぜ、なぜここにおる。左馬助《さまのすけ》」

本多政長に気づいた徳川光貞が、通称を口にした。

「吾が娘のこと。父親がいて当然でございましょう」

すっと背筋を伸ばした本多政長が徳川光貞と対峙した。

第二章　過去の失策

一

いつの間にか数馬と本多政長の位置が入れ替わっていた。

前に出た本多政長が、本尊を背にしている徳川光貞の正面に、その左斜め後ろに数馬が控えた。

「なぜ、琴のこと、いや、余が登場するとわかったのだ」

「説明せねばなりませぬかな」

ちらと本多政長が瀬能仁左衛門に目をやった。

「もう少し、ましな者を遣われることですな」

本多政長がかすかながら嘲笑を浮かべた。

「むっ」

その嘲笑が瀬能仁左衛門を相手にしたものか、己を指したものか、それに気付いた徳川光貞が不機嫌な顔をした。

「君《くん》の器量は臣に映り、臣の質は君を基《もとい》とする。でございますなあ。ああ、これは別段、先人の教訓でもなんでもございませぬ。今の状況を見て、わたくしが思いついたものでございますれば」

本多政長が述べた。

「左馬助……きさまっ」

名指しこそしなかったが、露骨に当てこすられた徳川光貞が怒った。

「お変わりございませんなあ」

かつて本多政長は、江戸で徳川光貞と会っている。本多政長の器量を見こんだ紀州徳川家初代頼宣《よりのぶ》から、召し出されたときに光貞も同席していた。

「見ておけ、あれが徳川を天下人にのし上げた佐渡守の孫よ」

徳川家康からもっとも愛され、他の子供たちのように家臣を付けられて独立することなく、ずっとその側にあって真の跡継ぎとまで言われた頼宣は、豪放であり、気に入った者は、その出自にかかわりなく親しく接した。

「こやつが余のもとにおれば、駿河《するが》を奪われることもなかったのだがな」

頼宣が悔しさと諦めの混じった声で本多政長を評価した。

家康の死後、その領地、城、家臣を受け継いだのは、二代将軍秀忠《ひでただ》ではなく、十男の頼宣であった。

表高が五十万石、実高百万石という裕福な駿河一国に、家康の隠居城としてふさわしい、規模こそ江戸城や大坂城《おおさか》に及ばぬものの堅固でなる駿河城、安藤帯刀《あんどうたてわき》、水野重《みずのしげ》仲《なか》ら徳川でも指折りの名臣たち、頼宣が受け継いだものは、まさに小さな天下といえた。

しかし、その厚遇が頼宣に不幸を招いた。

駿河は徳川家にとって縁深いだけでなく、駿河湾と東海道《とうかいどう》を扼《やく》している。すなわち、上方から江戸へ至る経路を一手に抑える要地であった。

「西国《さいごく》大名の進軍を遮る名古屋《なごや》城の後詰め。万一名古屋が抜かれたときは、箱根《はこね》の関所を背に敵軍を留め、江戸からの援軍を待つ」

家康は江戸を守るつもりで駿河に堅城を設けたのだが、それを秀忠は逆に取った。

「箱根の関所を抑えてしまえば、江戸からの軍勢は駿河に届かぬ。その間に西国大名をとりまとめれば……」

関ヶ原《せきがはら》に遅参した秀忠の武将としての評価は低い。譜代大名でも秀忠に忠義を尽くそうとしているのは大久保《おおくぼ》一族くらいのもので、そのほかの譜代大名、旗本は将軍という名前に従っているだけであった。

「まさに天下の武将たる器量」

家康からそう賞された頼宣の人気は高い。とくに、人の選《よ》り好みをしない頼宣は、外様大名からの支持が強かった。

「ご城下を通させていただきまする」

江戸へ向かう西国大名は、その行き帰りにわざわざ駿河で宿を取り、登城して頼宣と親しく話をしていくのが習慣となった。

実際は、駿河に隠居していた家康の機嫌伺いであったものが、そのまま死後も続いただけであったが、秀忠の目には頼宣が外様大名の支持を集めているように見えた。

そのときに、安芸広島《ひろしま》城主だった福島正則《ふくしままさのり》が、無断で城を改修したとの咎で改易され、その後に和歌山《わかやま》の浅野長晟《あさのながあきら》が入ることとなった。

「大坂の後詰めを頼む」

こうして空いた和歌山へ行けと、秀忠が頼宣に命じた。

「駿河の地は父よりいただいたものである。それを兄が取りあげるなど、神君を軽んじる行為である。たとえ戦をしてでも、余はここを動かぬ」

頼宣は激した。

「世にふたたび戦乱を呼ばれまするか」

安藤帯刀が頼宣の裾を強く摑《つか》んで、諫言《かんげん》した。

「なりませぬ。天下は強い者が獲るものぞ。家康さまがそうであったようにじゃ」

「ならぬわ。神君さまは天下にふたたび戦火が舞い降りぬよう、血の涙を呑んで主家であった豊臣《とよとみ》を滅ぼされたのでございまする。それでもと言われるならば、吾が命と引き換えにしてでもお止めいたしまする」

懐刀を抜いて安藤帯刀が頼宣に突きつけた。

「…………」

結果、安藤帯刀の気迫に折れて、頼宣は紀州へ移った。

「一の重臣が裏切るとわかっていては、戦えぬわ」

後年、本多政長を前に頼宣は嘆息した。

「そなたなら、どうした」

頼宣が本多政長にその場で問うた。

「わたくしならば、紀州移封という話など出させませぬ」

まだ若かった本多政長は気負った。

「ほう」

「まず、殿に江戸に在府していただき、登城して親しく上様とお話をしていただきまする」

「余が兄と話すだと。なにをだ」

「なんでも構いませぬ。それこそ天気の話でも、鷹狩りのことでも。とにかく兄弟仲が悪くないと見せつけていただきましょう」

「なぜ、そのようなことをせねばならぬ」

頼宣が不満そうな顔をした。

関ヶ原で戦わなかった三兄秀忠を頼宣は認めていなかった。頼宣は関ヶ原で島津《しまづ》と激闘を繰り広げ、敵将の一人を討ち取ったが、そのときの傷がもとで後日亡くなった四兄の忠吉《ただよし》を尊敬していた。

「そうすれば、権大納言さまを紀州へ移せなくなりまする。駿河と紀州は表高は同じながら、実収は三倍からの差がございまする」

山が海に迫っている紀州は、耕地が少なく表高よりも実高が劣っている。他にも東海道や西海道《さいかいどう》などの主要な街道はなく、海路はあるとはいえ、紀州の湊《みなと》に寄る船は少ない。紀州は新田も望めず、交易の運上も見こめない不利な土地であった。

「誰が見ても紀州は駿河より劣りまする。そこへ、兄弟の仲がよいと思われている、すくなくとも上様をお慕い申していると世間に見られている弟君の権大納言さまを、懲罰ともいうべき転封に処せばどうなりまする」

「どうなるのだ」

「いまだ父に愛された弟を許せない器量の小さな兄と世間は見ましょう。上様がそれをよしとされましょうか」

「せぬな。関ヶ原のことで散々世間から、情けないと嗤われたのだ。将軍になってからの悪評など耐えられまい」

本多政長の確認に、頼宣がうなずいた。

「なるほど。兄弟仲が悪いからこそ、余は駿河から紀州へ追いやられたのか」

頼宣が本多政長の策に感心した。

「安藤帯刀についてはどうだ。主たる余に刃物を突きつけおったぞ」

「なぜ、お手討ちになさいませなんだ」

まだ許していないと言った頼宣に本多政長が首をかしげた。

「…………」

あっさりと告げた本多政長に頼宣が絶句した。

「主に刃を突きつけるなど、謀叛《むほん》以上の大罪。その場でお手討ちになさったところで、誰も権大納言さまを非難できませぬ」

「父から傅育《ふいく》として付けられた者ぞ」

傅育とは親代わりにいろいろなことを教え、導く者のことをいい、格別な扱いを受けた。

「それがどうしました。傅育であろうがなかろうが、家臣でしかございませぬ。神君さまが付けられたかどうかも、かかわりありませぬ。もし、それで罪が許されるならば、御上の主に忠、親に孝という考えは潰《つい》えましょう。たとえ秀忠さまといえども、権大納言さまを咎めることはできませぬ。もし、権大納言さまが悪いとなれば、将軍家を老中が刺してもよいということになりましょう」

「たしかにそうじゃ」

「ご無礼ながら、権大納言さまは神君さまのお姿を追いすぎておられまする。言うまでもなく神君さまが偉大であられることはたしかであり、誰も同じところまで昇れませぬ。夜空の星のごとく届かぬのならば、あこがれればいいだけ。権大納言さまの天は、手の届くところにござれば」

「吾が天か。気が軽うなったわ。もう一つ聞かせよ、左馬助。もし、そなたが余なれば、紀州へ行けと言われたとき、どうする」

頼宣が尋ねた。

「駿河は神君家康公からの賜《たまわ》りもの。それを紀州と交換される。つまり、紀州は駿河に勝ると上様はお考えでございますな。されば浅野は、神君さまのご信頼が厚かったのでございますなあと申しあげましょう」

「ふはははっは」

本多政長の答えを聞いた頼宣が腹を抱えて笑った。

「駿河と紀州をただ交換した。神君家康公という名前に兄はなんの価値も見いだしていないか。痛烈だな、左馬助」

笑いながら、頼宣が続けた。

「さすがにそう言われてまで余を移封することはできまいが……そうなると余は兄からにらまれるな」

「そのときは、三代さまにお近づきになればよろしいかと。家康さまによって三代将軍は家光《いえみつ》さまと決められております。たとえ秀忠さまのもとで冷遇を受けたところで、家光さまが三代を継がれたならば、一気に待遇は変わりましょう。家光さまは嫡男である己をないがしろにし、弟駿河大納言さまを跡継ぎになされようとされた秀忠さまのことをお嫌いでございますれば、秀忠さまに嫌われた者をかならずやお引き上げになりまする。もっとも、そのためにはあらかじめ、家光さまを奉《たてまつ》っておかなければなりませぬが」

「次に期待するか」

「はい。なにも今勝たずともよいのでございまする。最後に笑えれば」

口にした頼宣に、本多政長が首肯した。

「それで、そなたは大久保になにもせぬのだな」

頼宣が本多佐渡守家と大久保加賀守家の確執を持ち出した。

「大久保どのになにをせよと」

本多政長が首をかしげた。

「そなたの伯父《おじ》を、本家を滅ぼしたのは大久保であろう」

「あれは大久保どのが復讐でございましょう。初手は吾が祖父からでございまする。大元が大御所家康さまと二代将軍秀忠さまの綱引きだとしても、策を立て、動いたのは祖父と伯父。庇護者たる大御所さまを失えば、どうなるかは承知の上でのこと」

やり返す気はないと本多政長が首を横に振った。

「とはいえ、大久保どのがやり返される恐怖で、わたくしに手出ししてこられたならば、しっかり嚙みつきまする」

黙ってはいないとも本多政長が告げた。

「やれ、しくじったわ。父に強請《ねだ》っておけばよかった。本多佐渡守の血筋をくれと」

頼宣がわざとらしく天を仰いだ。

「ということで、そなたの娘を紀州へくれ」

こうして琴と水野《みずの》志摩介《しまのすけ》との婚姻はなった。

その場に同席していた徳川光貞も一部始終を見ていた。

「父上さま、本多を紀州に入れるなど、火中の栗を拾うことになりかねませぬ」

徳川家の裏を知り尽くした本多家は、いずれ潰される運命にあった。天下人に闇などあってはならないのだ。

「はっきりと言ったらどうだ、長福丸《ちょうふくまる》」

頼宣が徳川光貞を幼名で呼んだ。

「な、なにを言えと」

「本多を従えるだけの自信がないと……の」

あわてる徳川光貞に頼宣がため息を吐いた。

「かならずや紀州家のためになる。本多の血を能力を絶やすな」

頼宣は徳川光貞に厳命したが、その死をもって琴は加賀へと帰された。

そのときのことを本多政長はわざと蒸し返した。

「今更、琴に戻ってこいと仰せになるのは、無理でございますな。しっかり離縁状はいただいておりまする」

武家の婚姻は個ではなく家同士の問題になる。

「顔が嫌いだ」

「気性が気に食わぬ」

このような理由で離縁することはできない。できないわけではないが、大いなる引け目を背負う覚悟がいる。下手をすれば、家同士の争いになる。

「家風に合わず」

この理由ならば離縁はできるが、再縁の費えとして相応のものを渡すのが慣例であった。

ただ、これらを一切気にせず、一方的に離縁できる理由があった。

「子ができぬ」

武士の家にとって跡継ぎは大事なものである。跡継ぎがなければ、営々と受け継いできた家禄が取りあげられる。幕府が定めた武家諸法度《ぶけしょはっと》のなかでもとくに重きをおかれているのが、継嗣《けいし》なきときは断絶という項目であるように、武士の婚姻は子を作るという約束事でもあった。それが果たされていないとき、男のほうから一方的に離縁できた。

琴はその理由をもって、突き返されたのであった。

そもそも何年も経ってから今度はその弟との再縁を求めるなど、よほどの理由がなければありえない。己を蹴り飛ばした相手から、もう一度蹴らせろと言われているにひとしいのだ。

「離縁したことへの詫びもございませんし、たとえあったとしても、受け取りませぬが。何より、琴はすでに嫁いでおりまする」

「知っておる。そこの者であろう」

徳川光貞が数馬を指さした。

「もう一度命じる。琴を離縁いたせ。その代わり、紀州家で召し抱えてやる。家禄は三千石くれてやろう。外様の陪臣から直臣格への出世ぞ」

御三家ができたとき、その家臣はほとんどが譜代大名、旗本からの転籍であった。いかに家康の願いとはいえ、直臣から陪臣への格落ちは誰もが嫌がる。それを緩和するため、家康は末代まで粗略に扱わないと宣し、転籍する者たちを直臣格とした。

「たとえ一万石いただいても御免被りまする」

きっぱりと数馬は断った。

「余の言葉を軽んじると」

「わたくしの主君は前田加賀守でございまする。あなたさまではございませぬ」

武士は主君から禄をもらっている。指示を受けるのは、主君だけであった。

「余、余は紀州徳川家の当主であるぞ」

「なればこそ、敬意は表しまするが、あいにく従う理由はございませぬ」

数馬が正論で返した。

「…………」

にべもない数馬の対応に、徳川光貞が啞然となった。

「されば義父上、法事もないようでございますれば、戻りましょうか」

黙った徳川光貞をおいて、数馬が言った。

「そうだの。帰ろうぞ」

本多政長も同意した。

「……ぶ、無礼者」

ついに与吾郎が激発した。

「殺すな」

「はっ」

斬りかかってくる与吾郎を迎え撃とうとしている石動庫之介に数馬が命じた。

「やあああ」

太刀を抜き放った与吾郎に対し、首肯した石動庫之介は鞘ごと腰から外した太刀を突き出した。

「ぐふっ」

場数が違う。数え切れない敵を屠《ほふ》ってきた石動庫之介の鐺《こじり》が、与吾郎のみぞおちに深々と刺さり、肺腑《はいふ》の空気を無理矢理吐き出させられた与吾郎が後ろへ倒れた。

「不破《ふわ》」

「おのれ」

本堂入り口付近で控えていた徳川光貞の警固二人が、慌てて太刀を抜いた。

「刑部。本堂じゃ。血で汚すな」

「はっ」

本多政長に言われた刑部が、うなずいて突っこんだ。

「こいつっ」

「疾《はや》い」

刑部が続けて二人に当て身を喰らわせた。

「では、権中納言さま。これにて御免」

藩主の警固を任されるほどの者が、一瞬で無力化された。それも怪我さえさせないという、まさに圧倒である。

「…………」

徳川光貞は、出ていく数馬と本多政長を引き留められなかった。

二

父の教えというのは聞かされたときはうっとうしいものだ。

しかし、ときが経ち、いつか己が父と同じ歳になったとき、ようやくその価値がわかる。そして、それを吾が子へと伝えていく。

屋敷へ戻り、落ちついたことで、徳川光貞はようやく頼宣の意図を理解していた。

「勝てぬ」

栄隣寺での遣り取りは、御三家紀州当主という権威を粉砕した。

「文句も言えぬ」

先に抜いたのは、紀州家の不破与吾郎だった。他家の家臣、それも一人は将軍綱吉から、爺と親しまれている本多政長なのだ。いわば、綱吉のお気に入り、それへ斬りかかったとなれば、咎めを受けるのは紀州家になる。

「無礼な言動が……」

本多政長の態度を問題にしようにも、そこには当事者しかいない。まさに水掛け論になる。もちろん、相手がその辺の大名や旗本ならば、徳川光貞の言が通る。だが、綱吉の後ろ盾がある本多政長には通じなかった。

「しかも、殴られただけでは文句も言えん」

こっちは刀を抜いている。それが斬られることなく押さえつけられた。これを無礼だとか横暴だとか言って騒げば、紀州家に武人なしと当主が認めたことになり、世間から嘲笑されることになった。

「本多の血を絶やすな……か」

徳川光貞が頼宣の言葉を反芻《はんすう》した。

「その真の意味、理解したわ。本多の娘の子を紀州で継承させせよという意味ではなかった。父は、加賀の本多への首輪としたかったのだ」

紀州徳川家は二代秀忠の仕打ち以来、ずっと将軍家に疎まれてきた。

「秀忠公の死に際して、父が要らぬことをしたせいだ」

本来ならば、秀忠に疎まれた者を重用する家光からの厚遇を受けられるはずだったが、頼宣は要らぬ我を張った。

加藤清正《かとうきよまさ》の娘を正室にしていた頼宣は、寛永《かんえい》九年（一六三二）に改易処分を受けた義兄加藤忠広《ただひろ》の後難を恐れず、妻を離縁しなかった。加藤忠広の改易は、謀反の疑い、家中騒動などが原因と言われているが、そのじつは駿河大納言徳川忠長《ただなが》と交流が深かったからであった。年齢が近かったというのと、石高がどちらも五十万石ていどと似ていた境遇もあり、加藤忠広と徳川忠長は友人であった。

三代将軍家光にとって、徳川忠長は己の天下を危うくする仇敵《きゅうてき》である。それこそいつ謀反の軍勢を起こすかわからない。その徳川忠長に西国の雄、強兵で鳴らした加藤家が与《くみ》すれば、天下に争乱が起こる。それを防ぐため、家光は加藤家を改易させた。

それをわかっていながら、頼宣は妻を離縁せず、そのまま慈《いつく》しんだ。また、妻を紀州においていたことも悪かった。

御三家の当主は、まだ家康の子ばかりであったため、定府の水戸《みと》徳川以外の両家は、幕府への人質として妻子を残さずともよかった。

それもあって、徳川頼宣は駿河大納言徳川忠長に近いと家光に考えられ、本来ならば同じ秀忠の被害者として、相憐れむことになるはずが敵扱いになってしまった。

「女一人で男が矛先を変えられるものか。器量が小さいわ」

それを知った頼宣は、逆に家光を見限った。

「兄の血を引く者は天下人たり得ぬ」

頼宣は、これを機に紀州に溢《あふ》れていた牢人《ろうにん》を積極的に抜擢《ばってき》し、その結果家光の死を受けておこなわれた由井正雪《ゆいしょうせつ》の乱の後ろ盾となった。

「もし、あのとき本多政長がいれば……」

さすがに加藤家改易のときに、琴はまだ生まれてもいない。由井正雪の乱のときで、ようやく生まれたかどうかと言うところだが、紀州家が本多家と強く交流をしていたら、その策謀がどう影響を及ぼしていたか。そう思った徳川光貞が身震いをした。

「将軍家に人なきとき、人を出すべし」

十一人いた男子のなかから、なぜか選ばれた三人だけが徳川の名跡を許され、御三家となった。その御三家創立の理由を徳川家康は、そう言ったとされている。

「人なき……これを本家の血筋が途絶えたときととるか、本家の当主がその器にふさわしくないときととるか」

尾張《おわり》徳川家と紀州徳川家を縛り付ける綱となった家康の言葉に、頼宣だけでなく徳川光貞も縛られていた。

「本多を手に入れれば、夢叶《かな》う」

徳川光貞は、腹心である薬込役《くすりごめやく》を呼んだ。

「お召しでございましょうか」

「加賀藩の瀬能数馬を仕留めよ。できるだけ事故か病死に見せかけての」

御三家の宿痾《しゅくあ》が徳川光貞も蝕《むしば》んでいた。

「たやすきことでございまする」

理由も聞かず、薬込役が首肯した。

「同時に加賀へ人を出し、本多政長の娘琴をさらって参れ。ただし、決して傷つけてはならぬ」

「はっ」

薬込役は、戦のとき藩主が放つ鉄炮の準備をする者たちである。当然、藩主がじきじきに鉄炮を遣うことなどあり得ない。藩主すなわち大将は、軍勢の奥にあり、直接敵と対峙することはない。

つまり薬込役は、鉄炮の用意をするという名目で側に控える者であり、さらに万一、自軍が崩れたときには藩主を守り、その場から逃がす役目も担っていたことから、武芸はもとより忍の技にも精通していた。

「人も金も十二分に遣え。かならず吾がもとへ連れてこい」

「お任せを」

命じられた薬込役が下がっていった。

「辰雄ごときに本多の娘はふさわしくない。余が子を孕《はら》ませてくれる」

徳川光貞が目を光らせた。

瀬能仁左衛門はうち捨てられた破れ傘のような有様であった。別段、身体に折檻《せっかん》の跡があるわけではないが、心が折られていた。

「言われたとおりにしたではないか」

数馬を呼び出せと命じられたから、菩提寺に誘い出した。

「取り立ててくれると仰せられたからこそ、陪臣の分家に頭を下げたのだ」

人というのは、都合のよいように記憶を変える。

徳川光貞はいずれ取り立ててくれると言っただけで、すぐに加恩するなどと約束していないし、瀬能仁左衛門の態度はとても数馬に辞を低くして願ったとは言いがたい。

「なぜ、わかっておらぬ。吾こそ瀬能の本家ぞ。本家以上にできる分家などないのだ」

瀬能仁左衛門は怒りを重ねていった。

「それが三千石だと……ふざけるな」

貧すれば鈍する。まさに瀬能仁左衛門一代の好機は、数馬と本多政長によって潰えた。

「去《い》ね。目障りじゃ」

栄隣寺に残った瀬能仁左衛門に与えられたのは、犬を追うような徳川光貞からの処遇であった。

「どうしてくれようか」

数馬に娘を押しつける、あるいは妹を嫁に取り、援助を引き出すという手立てもうまくいかなかった。

「……そういえば、大久保家との確執が出ていたの」

小物ほど聞き耳を立てている。

「紀州家からの褒美は期待できぬ。寺へ払った本堂使用料だけでも取り返さなければ、割が合わぬ」

瀬能仁左衛門が、行き先を大久保加賀守家の上屋敷へと変えた。

八つ過ぎに上屋敷に戻った大久保加賀守忠朝《ただとも》は、執務の合間に来客の対応をしていた。いや、来客対応の合間に執務をこなしていた。

「なにとぞ、わたくしめをご奉公させていただきたく」

「どうぞ、わたくしどもを御上御用にお加えくださいませ」

役目に就きたい旗本、幕府御用達の看板が欲しい商人などが、大久保加賀守の力で望みを果たそうと集ってくる。

「なかなかおぬしにふさわしい役目が空かぬでの。しばらく待て。考えておいてくれようほどに」

「勘定《かんじょう》奉行には機を見て話してくれる。報せがあるまで待て」

どちらにも希望を持たせるように応えながら、そのじつ却下している。

老中といえども、老中だからこそ、下手に動いて評判を落とすわけにはいかないのだ。

「殿」

ようやく一人の客を帰し、執務に集中しかけた大久保加賀守のもとへ、なんとも言えない顔をした用人が顔を出した。

「なんじゃ。本日はもう客の相手ができるだけの暇はない」

執務を片付けないと、夜を徹しなければならなくなる。

嫌そうな顔を大久保加賀守がした。

「存じあげておりまするが、客の名前が気になりましたので、一応お報せいたすべきかと」

「客の名前……誰じゃ」

「瀬能仁左衛門と申しております る」

怪訝な顔を見せた大久保加賀守に用人が告げた。

「……瀬能だと。加賀の瀬能か」

大久保加賀守の表情が変わった。

「本人は小普請組旗本だと」

「旗本の瀬能……たしか、加賀の瀬能は二代将軍秀忠さまの姫珠姫《たまひめ》さまについて加賀へ移ったと記憶しておる。となると江戸へ残った瀬能の一族か」

「いかがいたしましょう」

「用件は申したか」

「それが、お目通りの上で申しあげると」

用人が首を横に振った。

「瀬能の……」

「………」

思案しだした主君に「いかがいたしましょうか」と急《せ》かすような言葉を掛けるようでは、役に立つ者として扱われなくなる。決して主君の思案を邪魔してはならない。

用人はじっと大久保加賀守の決定を待った。

「よし、会おう」

「供待ちでよろしゅうございましょうか」

決断した主君に用人が最下級の扱いでいいかと尋ねた。小普請旗本、いわば無役の旗本は、老中たる主君の役に立つことはないと用人は経験から知っていた。

「いや、外に漏れればまずかろう」

供待ちは御殿玄関を入ってすぐのところにある。そこで士分の供は、主が出て来るのを待つ。それ以外の小者たちが、表門脇の土間で待たされるのと違い、屋敷のなかに座を与えられるのは、万一主君の身に危難が及んだとき、それに気づき駆けつけられるようにされているからであった。

一応、士分の者を通すだけあって、土間ではなく板の間になっており、小普請旗本のほとんどはここで対応されていた。

ただし、玄関に近いことから、声が外へ漏れやすく、口さがない門番足軽や中間《ちゅうげん》などが偶然内容を聞いてしまうという怖れもあった。

「では、三の客間を」

「それでよい」

三の客間は供待ちの次の格式となる。やはり玄関には近いが、よほど大きな声でも出さない限り、声が外へ漏れる心配はなくなった。

「では、ただちに」

用人が下がっていったのを見送って、大久保加賀守が書付へと目を戻した。

「…………」

執務の手伝いとして大久保加賀守のもとへ出向している幕府表右筆《おもてゆうひつ》は、なにも聞いていない振りで、黙々と筆を走らせた。

「……遅い。半刻（約一時間）をこえているぞ」

客間に通された瀬能仁左衛門が、不満を口にした。

さすがに供待ちではなく、客間だけに茶は出される。しかし、最下級ということもあり、茶のおかわりなどは出なかった。

「供待ちのほうがましじゃ。あちらは白湯《さゆ》だが、薬缶《やかん》が置いてある」

客ではないので、ほったらかしにされるが、そのぶん、好きにできる。

瀬能仁左衛門が、空になった茶碗をうらめしそうに見た。

「……主が参りまする」

ようやく襖《ふすま》ごしに声がかかり、すっと開けられた。

「…………」

あわてて瀬能仁左衛門が、頭を垂れた。

「……余が加賀守である」

客間とはいいながら、身分が違いすぎる。大久保加賀守が、上座を占めるのは当然であった。

「小普請組旗本瀬能仁左衛門めにございまする」

顔をあげていいとは言われていない。瀬能仁左衛門が、畳に向かって名乗った。

「言わずともわかっておろうが、余は多忙である。要らぬ口上《こうじょう》を吐いたり、余にとって益とならぬような話であらば、ただですむと思うな」

最初に大久保加賀守が釘を刺した。

「承知いたしております」

徳川光貞との遣り取りで、多少威圧になれたのか、瀬能仁左衛門は臆せずに了解した。

「ほうっ」

一瞬目を大きくした大久保加賀守が、命じた。

「面をあげてよい。話せ」

「はい」

顔をあげてよいと言われた瀬能仁左衛門が、直接目を合わせないようにしながら、経緯を語った。

「紀州公が……本多の娘を」

大久保加賀守が話に驚いた。

「ふうむう。他になにかあったか」

「本多さまの娘は、吾が分家の嫁になっておるようでございまする」

「加賀の瀬能は何石であったかの」

「家禄は千石だそうでございまする」

問うた大久保加賀守に瀬能仁左衛門が、答えた。

「五万石と千石か……釣り合わぬように見えるが、娘が再縁ならば、あり得ぬ話ではないな」

大久保加賀守が納得した。

「他には」

「以上でございまする」

瀬能仁左衛門が、もうないと首を左右に振った。

「よし。よくぞ報せた。褒美を取らせよう。なにがよい」

「畏れ多いことでございまする。できますれば、わたくしめを何役かにおつけいただきたくお願い申しあげまする」

瀬能仁左衛門が、頼んだ。

「そなた石高は」

「二百石をいただいておりまする」

「そうか。右筆に申しておく。自邸で待っておれ」

「かたじけのうございまする」

望みが叶った。瀬能仁左衛門が、大仰に平伏して見せた。

三

屋敷へ戻った数馬と本多政長は、刑部と佐奈、そして石動庫之介をくわえた五人で話し合いを始めた。

「あのまま終わりというわけには参りませんでしょうなあ」

数馬は徳川光貞があきらめるとは思えないと言った。

「あれで黙るようならば、端から言い出しはせぬよ。どう考えても無理を強《し》いているとわかってのことだろう」

本多政長が首を横に振った。

「失礼ながら、南龍《なんりゅう》公は子育てをまちがえられたわ」

南龍公とは頼宣の諡《おくりな》である。まさに南の龍と呼ばれるだけの豪儀な人物であったが、将軍家に対する敵愾心《てきがいしん》が強すぎ、そこにすべてを向けてしまった。

「あきらめやらぬとすれば、次はなにをしてこられましょう」

嘆息した本多政長に数馬が尋ねた。

「前田の殿に、離縁するように命じてくれと頼むわけにもいくまい」

いかに御三家の頼みといえども、そのような家中への干渉は認められない。万一、それを綱紀が引き受けたとすれば、紀州家は加賀前田家に大きな借りを作ることになる。

さすがに藩主同士の貸し借りは、留守居役が調整できるものではない。下手をすれば、紀州家が加賀の前田家の後ろ盾にならざるを得なくなる状況にもなりかねなかった。

「では、またぞろわたくしを呼び出して……」

「呼ばれたからといって、数馬は出向くのか」

言いかけた数馬を本多政長が制した。

「いいえ」

用件が用件だけに、表だっての呼び出しは難しい。

「なぜ、紀州公が加賀前田家の家臣を召されたのか」

あり得ない状況に、世間の耳目は興味を持つ。そんな状況でのこのこ出向くほど数馬は迂闊《うかつ》ではなかった。

「であろう。となれば、今回のような直截《ちょくせつ》なものはまずなかろう」

言いながら本多政長の頰が苦くゆがんだ。

「…………」

滅多に感情を見せない刑部もわずかに眉をひそめた。

「殿を……」

顔色を変えた石動庫之介が口にした。

「だろうな。吾がいなくなれば、琴は寡婦《かふ》に戻る。そうなれば正式に婚姻を求めることができる」

紀州家から正面をきって言われれば、綱紀とて無下《むげ》にはしづらい。結局は本多政長の考えに落ち着くだろうが、話くらいは伝えることになる。

「……という話が来ておる」

「お断りいたしまする」

当然こういった遣り取りがあれば、それを傷として本多政長を気に入らぬ連中が騒ぎ出す。

「御三家が辞を低くしておられるというに」

「殿のお立場を考えず」

本多政長を筆頭宿老から引きずり下ろそうとする連中は、どこからでも口を出してくる。

「まずいの」

「はい。たいへんよろしからずと存じまする」

顔をしかめた本多政長に佐奈が同意した。

「もし、数馬が紀州の手で害されるようなことになれば、琴が黙っておらぬ」

「もちろん、わたくしたち軒猿もでございますが」

本多政長のため息に、佐奈は気迫で応えた。

「なにをする気だ」

数馬が緊張した。

「紀州公に手を出すようなことはないだろうな」

「まさか、紀州公のお命をお縮めするようなまねはいたしませぬが……闇に怯《おび》えていただくことにはなりましょう」

問うた数馬に、佐奈がうなずきながら言った。

「おいっ」

「あと、水野の血は紀州から絶えさせまする」

思わず声をあげた数馬を、佐奈が追い打った。

「それですめばいいがな」

「はい。姫さまが、いえ、奥方さまがそれで落ち着いてくだされば僥倖《ぎょうこう》かと」

本多政長と佐奈が顔を見合わせた。

「……………」

数馬が息を呑んだ。

「大殿さま」

刑部があきれた声を出した。

「やりすぎか」

「若殿さまが……」

笑い顔になった本多政長に、刑部が数馬を示した。

「これはいかぬ。婿が嫁に怯えては、孫の顔が見られぬ」

本多政長がおどけて見せた。

「義父上……琴に言いつけますぞ」

「勘弁してくれ」

大きく息を吐いた数馬に、本多政長が詫びた。

「かたじけのうございまする」

それを見て、数馬が礼を述べた。

「わたくしに油断するなとご注意くださり」

「すまんな。本多の事情に巻きこんで」

本多政長が砕けていた表情を真剣なものにした。

「いえ、これは瀬能のことでございまする」

琴はすでに妻となっている。その妻を寄こせなどと言うのは、数馬に喧嘩を売っているのだ。

数馬が強い口調で宣した。

「よし」

本多政長が満足げに首を縦に振った。

「刑部、軒猿を三人付けろ」

「よろしいのですか。お屋敷の守りが薄くなりまするが」

刑部が本多政長の指図に懸念を伝えた。

軒猿は戦国の雄上杉謙信が重用した忍であった。それが関ヶ原の合戦の後、徳川に膝を屈した上杉が忍を抱えているのは、要らぬ疑いを受けるということで、直江山城《なおえやましろ》の守兼続《かみかねつぐ》の娘婿であった本多政長の父政重《まさしげ》に譲られた。

しかし、百二十万石をこえる上杉家ほどの数を抱えきれず、軒猿の数はそれほど多くない。国元の守りを中心としていることもあり、江戸屋敷にはもともとぎりぎりの数しか配されていなかった。

そこから三人も引き抜くとなれば、本多家が江戸に持っている江戸屋敷の守りは薄くなる。

「構わぬ。江戸屋敷に今さら見られて悪いものはない」

本多政長が告げた。

徳川家最大最悪の謀臣と怖れられた本多佐渡守の名前は、いまでも天下に鳴り響いている。その本多家の直系が、加賀藩という外様にいる。それも徳川家を離れてから、宇喜多《うきた》、福島、上杉と渡り歩き、そのいずれも改易や減封といった悲惨な目に遭っている。

「外様潰し」

「佐渡守の策謀」

本多佐渡守の息子政重が、そう言って忌避《きひ》されたのも無理はなかったし、今度は加賀前田家が痛い目に遭うと誰もが思っていた。

しかし、加賀の前田家はいまだに一石も削られず、ずっと金沢にある。それどころか、二代将軍秀忠の姫をもらい、徳川の一門扱いを受けている。

「なにが違う」

宇喜多や福島、上杉との違いを、当然探ろうとする者は出てくる。

本多佐渡守家がまだ大名であったころから、加賀の本多へ調略をかけてくる者はいた。

「我が家ならば、五万石だぞう」

「一城を預けてもよい」

「ありがたきことなれど、前田家に恩がござれば」

当時三万石だった本多政重が、勧誘をあっさりと断ったのもあり、より探索の手は多くなった。

それを防ぐため、本多家は江戸屋敷に軒猿を置いた。

「……それに江戸屋敷の意味もなくなりつつあるしの」

独立した大名として扱われない一万石ごえの家老で、江戸屋敷を持っているのは、御三家の付け家老くらいである。陪臣で外様の家老である本多家に江戸屋敷が許されているのは、やはり家柄のおかげであった。

その特権を本多政長は捨てようとしていた。

「ですが、それは本多家の直臣昇格をあきらめることになりましょう」

江戸屋敷を捨てるということは、江戸へ出てこないとの意思表示にもなると数馬が気を遣った。

「もう本多に直臣の目はない。なにせ上様のお誘いを断ったからな。今後、吾が子孫がそれを願ったとしても、御上は決して認めまい。認めればご当代さまよりも、そのときの上様が上に来ることになる」

「それがいけませぬのか」

本多政長の説明に、数馬が首をかしげた。

ときの幕閣にとって、そのときの将軍が至上になるのが当然ではないかと疑問を呈した。

「先祖ほど偉くないと、孝が困ろう。今の上様をこえるくらいならばよいかも知れぬ。だが、それがいずれ三代家光さまを二代秀忠さまをこえる理由になる。そして最後は神君家康公をもないがしろにする」

「……………」

今は陪臣とはいえ、もとは旗本である。徳川家康への尊敬、神として崇《あが》める気持ちは、父や祖父から伝わっている。

その家康をないがしろにするという話に、数馬が言葉を失った。

「もちろん、政をおこなっていくうえで、先代以前の将軍家がおこなったことを止めたり、変えたりしなければならないときはある。それはあまりに時代との乖離《かいり》が酷《ひど》くなったとか、ときの将軍が恣《し》意《い》で出したものとか、廃するに世間の同意あるいは、当然のものだという認識が要る」

「当然という認識……」

「難しく考えなくて良い。ようは誰もが知らん顔するかどうかだな」

「ずいぶんと砕けましたな」

数馬が苦笑した。

「神君家康公を金科玉条《きんかぎょくじょう》のごとく崇めておいて、それでございますか」

「政は生きものだからな。しかも種類が変わる。去年まで牛だったのが、今年から馬になる。馬と牛では餌から違うし、進む方向も異なる。切り替えができなければ、天下に不幸が拡がるだけだ。政ほど臨機応変が求められるものはない」

冷徹な施政者としての顔を本多政長が見せた。

「……………」

「施政者というのは、決断力がなければならぬ。さらにその決断の結果の責任を吾が身で受ける覚悟がなければならぬ……」

沈黙した数馬に本多政長が語り、わざと途中で止めた。

「そしてなにより、無節操でなければならぬ」

「無節操……」

予想外の言葉に数馬が唖然とした。

「矛盾しておりませぬか。覚悟と無節操は」

「しておるの」

淡々と本多政長が認めた。

「執政《しっせい》の無節操というのは、己の考えた案でも、よりよいものが出たら、あるいは欠点に気付いたら、即座に捨て去り、たとえ政敵の意見であってもそちらに賛同できることだ。己の功績、名声などを未練なく、犬に喰わせることができなければならない」

「泥をかぶる……」

「そうよ。施政者になるということは泥をかぶることだ」

数馬のつぶやきに、本多政長が首肯した。

「昔は皆そうであった。吾が祖父も豊太閤《ほうたいこう》さまに仕えた石田治部少輔《いしだじぶしようゆう》どのも三好修理大夫《みよししゆりのだいぶ》どのに忠誠を尽くした松永弾正《まつながだんじよう》どのもな、皆後世で誹《そし》られることをわかりながら、働いた。事実、それができる臣がいなければ、天下は取れぬ」

「織田前右府《おださきのうふ》さまのお名前がございませぬが」

ふと数馬が気にした。

「前右府さまはな、自ら泥をかぶられたからよ。だからこそ、天下の憎しみを受けて滅びた。もし、前右府さまのもとに祖父がいれば、比叡山《ひえいざん》の焼き討ち、一向一揆《いっこういっき》の根切り、そのどちらも祖父の提案としただろう。それこそ、本多佐渡守の名前は悪鬼のごとく子々孫々まで罵られ続けたろうが、前右府さまの御世はなっただろう。まあ、熱心な一向宗徒であった祖父が、石山本願寺《いしやまほんがんじ》を敵にした前右府さまに仕えることはないが。いや、祖父が仕えていたら、織田と石山本願寺は敵対しなかったか」

少しばかり本多政長が夢想に酔った。

「よろしいのですか。織田さまの天下に本多佐渡守さまが寄与していたとしたら、それこそ天下の嫌われ者ですぞ」

思わず数馬が口にした。

「嫌われ者、結構ではないか。織田さまの天下がなっていれば、乱世は二十年早く収束している。それだけ多くの者が死なずにすんだ。悪名くらい、甘んじて受けるべきだろう」

「……はあ」

問題はないと言い切る義父に、数馬が嘆息した。

「どうせ、ありえぬことだ。少し、思うくらいはよいだろう」

本多政長が数馬の態度にすねた。

「大殿……あまり」

婿をからかうなと刑部が諫言した。

「よいだろうが。国元へ帰れば、数馬は琴のものだぞ。儂がちょっかいをかけることはできなくなる」

一層、本多政長がすねて見せた。

「なればこそ、数馬を死なせるわけにはいかぬ」

一瞬で本多政長の表情が険しくなった。

「承知いたしておりまする」

刑部が気配を鋭いものに変えた。

「大久保だけでなく、紀州も……」

数馬が緊張した。

「ただ一つの救いは、両家が手を取り合うことはないということだな。紀州はいまだに秀忠公を恨《うら》んでいる」

裕福だった駿河から、物なりの悪い紀州へ移された。江戸に遠くなったことで参勤交代の費用もかかる。さらに紀州は真言宗《しんごん》の聖地高野山《こうやさん》、僧兵で鳴らした根来寺《ねごろじ》などがあり、僧侶の影響が強く、治世が難しい。

今まで神君家康公の家臣という誇りを持って、その遺領を守ってきた。家康が駿河へ隠居するときに、泣きすがるようにして付いてきた譜代大名、旗本だったのだ。矜持は高い。それこそ、幕府に残った者たちを、選ばれなかった者たちと憐れんできた。

それが一転して、陪臣扱いになるわ、収入は半分近くになるわ、紀州藩士全員が不満を抱えたのは当然であった。

対して大久保家は、一度本多佐渡守の策謀で衰退したが、秀忠の引き上げで老中となり、まさに我が世の春を謳歌《おうか》している。

とても手を結んで、数馬を本多政長をどうにかしようとはならなかった。

「国へ帰れば、そうそう手出しもできまい。加賀は我らの庭である」

本多政長が帰国の準備に入れと指示した。

四

徳川光貞の命を受けた薬込役が紀州藩下屋敷に集まった。

「ご下命《かめい》である」

徳川光貞から呼び出された薬込役が一同を見回した。

「…………」

無言で集まっていた薬込役たちが頭を垂れ、傾聴の姿勢を取った。

「承れ。一つ、加賀藩士瀬能数馬を事故か病死に見せかけて討ち果たせ。二つ、加賀の金沢へ忍び、本多家の娘琴をさらえ。このとき傷一つ付けることを許さじ。以上である」

「ははっ」

一同が平伏した。

「馬場《ばば》、そなたに瀬能数馬を任せる。そなたをいれて四名で足りるな」

「十二分なり」

馬場と呼ばれた薬込役が胸を張った。

「野尻《のじり》、金沢へ走れ。女二人と男三人を付ける」

「おうよ」

野尻と呼ばれた薬込役がうなずいた。

「御手元金を頂戴した。これを遣え」

指図をした薬込役が、小判四枚をうやうやしく頭上に一度持ちあげてから、野尻に渡した。

「本多の姫さまを運ぶとなると、いささかこれでは足りぬぞ」

薬込役は水さえあれば、五日やそこら野宿でも堪《こた》えないが、五万石の姫となると、食事も睡眠も要る。

「傷一つ付けるなとのご諚《じょう》と言うことは、衰弱も許されぬのだろう、宮地《みやじ》」

金を受け取った野尻が苦情を申し立てた。

「だが、それだけだぞ」

「なら、水野から取り立てるが、よいな」

今回のことが水野辰雄のかかわりだと、薬込役は知っている。

「やりすぎるなよ」

宮地と言われた指図役の薬込役が釘を刺した。

「あちらさんは、一万石をこえる大身代だぞ。多少集《たか》っても揺らぐまい」

野尻が嗤った。

「……わかったならば、ただちに動け。殿は吉報をお待ちである」

手を叩いて宮地が、行動を促した。

兄とはいえ、他家に嫁《か》した妹の部屋へ、無断で入るわけにはいかない。本多主殿は琴と話をするため、庭の東屋《あずまや》を選んだ。

「お招きいただきありがとう存じまする」

女軒猿でお付の女中を務める夏《なつ》を引き連れて、琴が東屋へ来た。

「不意にすまぬの」

「いえ。兄上さまこそ、もうよろしいのでございますか」

本多主殿に勧められて向かい側へ腰掛けながら、琴が気遣った。

「とどのつまりは、父の手のひらであったがな」

「よろしいではございませぬか。余人の手のひらで踊らされたとなれば、本多の名前に傷が付きまするが、父ならば世間の同情は兄上に向かいましょう」

嘆息する本多主殿を琴が慰めた。

「喜べぬな、それでも」

本多主殿が苦笑した。

「さて、一つ手を離れたとはいえ、父が留守を預かられる兄上さまはお忙しゅうございましょう。お話をお伺いいたしたく」

琴が促した。

「ああ、そうさせてもらおう。なに、堅い話じゃない」

少し緊張で身体を硬くした妹に、本多主殿が微笑んだ。

「瀬能の妹のことだ。いまだ縁談は決まっておらぬであろう」

「はい。申しわけなく思っております」

本多主殿の言葉に、琴が目を伏せた。

琴を妻とした瀬能家は、本多の一門と見なされている。つまり、数馬の妹美津を娶《めと》ると、そのしがらみに加わることになる。

本多家はその出自もあって地位のわりに加賀では浮いていた。肚《はら》のなかで碌なことを考えていないと思われている。そこにくわえられることになるとなれば、美津がどれほどの美形であろうが、二の足を踏まれて当然であるし、それでもかまわないと近づいてくる連中は、腹に一物《いちもつ》抱えているとしか思えない。

瀬能の家が、娘の縁談に踏み出せないのも無理はなかった。

「殿が、世話をしてやると仰せになられた」

「まあ……殿さまが」

聞いた琴が驚いた。

「かといって、殿が媒酌《ばいしゃく》をというわけにはいかぬ」

「はい。瀬能では足りませぬ」

主君から縁談を勧められるとなれば、藩でも指折りの家柄でなければまずかった。

「吾がよき相手を探し、それを殿がお祝いくださるという形になる」

藩主が祝った婚姻に文句を言える者はいない。

「不快である」

綱紀でなくとも藩主というのは、唯我独尊《ゆいがどくそん》なものなのだ。己の決めたことに口出しした家臣を決して許さなかった。

その家臣が息子なり孫なりの婚姻を藩に届けたとき、藩主が眉をひそめれば縁談は止まる。家臣同士の縁組みには、形式とはいえ藩の許可が要る。それがおりなければ婚姻はできない。

「この話はなかったことに」

婚姻に藩庁からの許可が下りないなどよほどのこと、相手方が婚家の災難の飛び火は勘弁だと逃げ出す。

嫁なり婿なりが来ないとなれば、家は絶える。養子縁組も藩の許可が要る。

「でな、吾もよさそうな男を探すゆえ、琴も気にしておいてくれ」

「喜んでさせていただきまする」

琴がうなずいた。

「寂しくはないか、琴」

ふと本多主殿が訊いた。

「義姉《あね》上《うえ》さまと離れられたことのない兄上さまにはわかりませぬか。連れ合いが手の届かないところにいる。触れることはもちろん、姿を見ることも声を聞くことも叶わないのでございまする」

琴が恨めしそうな目で本多主殿を見た。

「そうか。そなたが寂しいと言うか。なによりだ」

「まったく、わたくしを木石だと思っておられるのでございましょうか」

述べた本多主殿に琴が膨れた。

「いや、美しくなったの」

本多主殿が頬を緩めた。

瀬能仁左衛門からの報せを受けても、大久保加賀守は動かなかった。

「せめて本多が江戸を離れるまでは、様子を窺うだけにしておこうぞ」

大久保加賀守は紀州家の対応を見ていた。

「紀州はどうするかの」

徳川光貞の器量が、初代頼宣に及ばないということはわかっている。それでありながら、矜持だけは高い。

「本来二代将軍となったのは父頼宣で、余こそ三代将軍であった。それが叶わなかったのは事実ではあるが、少なくとも五代将軍選定のおりには余のもとへ、将軍就任の意思があるかどうかくらいの問い合わせはあってしかるべきであった」

そう徳川光貞が不満を口にしているという噂もあった。

「尾張も紀伊も、謀叛の疑いを持たれておる。少なくとも三代の間は候補となることはない」

大久保加賀守が吐き捨てた。

尾張の謀叛は、三代将軍家光が大病に伏したときのことだ。尾張徳川初代で家康の九男義直《よしなお》が兵を率いて江戸へ出ようとした。

「将軍家の御不例《ごふれい》に乗じた者が江戸を窺うやも知れぬ。将軍家に近い一族として、それを防ぐべく兵を出す」

徳川義直は、病弱な三代将軍家光では天下を押さえきれないと公言した。

「無届けの出府は、たとえ御三家といえども重罪」

家光股肱《ここう》の臣として執政を務めていた松平伊豆守信綱《いずのかみのぶつな》が単身品川《しながわ》へ出向き、徳川義直と刺し違えてもとの気迫で留めたことでなんとか収まったが、それ以降、尾張徳川家は幕府から警戒され続けている。

紀州徳川頼宣の謀叛は、三代将軍家光が亡くなった直後に判明した軍学者由井正雪を中心とした牢人蜂起に深くかかわっていたというものだ。

これも松平伊豆守が徳川頼宣を糾弾したが、証拠が家康の息子を罪に墜《お》とすには弱く、紀州家には傷が付かなかった。ただし、徳川頼宣を危険視した幕閣によって、十年の間帰国が許されず頼宣は江戸屋敷で軟禁状態とされた。

「おそらく紀州は、瀬能か本多の命を狙うだろう。うまくいけば、なによりだが……しくじったときのため、後詰めくらいはしてやるか」

大久保加賀守にとって、本多政長は目の上の瘤《こぶ》どころではなく、目の前にそびえ立つ壁であった。

「上様に本多への手出しは禁じられたが、余ではなく、紀州家のしたことなれば問題はない」

他人のせいにできれば、己に傷は付かない。誰がやったのかわからなければいいのだ。

「問題は誰にやらせるかよな」

藩士ももと藩士も使った。だが、どちらも少し探れば、大久保加賀守に繫がる。

「上様のご機嫌を損ねるようなまねは、まずい」

ようやく肥前唐津《からつ》から、下総《しもうさ》の佐倉《さくら》に移封され、かなり江戸へ近づいた。

「小田原《おだわら》が目の前に見えている」

大久保家は徳川家康から東海道の要地小田原へ封じられた。小田原は江戸を攻めようとする西国大名を抑える最後の守りになる。大坂城が落ち、彦根《ひこね》の井伊《いい》が破れ、尾張徳川が敵わず、駿河も抜かれた。勢いにのる敵を押しとどめる最後の砦《とりで》が小田原なのだ。

そこを預けられる。これは徳川家からの信頼がもっとも厚いとの証明でもあった。

その小田原を、大久保家は本多佐渡守家によって奪われた。

「なんとしてでも小田原を取り返す」

大久保家は三河譜代で、三河一向一揆、三方ヶ原《みかたはら》の合戦、家康伊賀《いが》越えなど徳川家の危難すべてに付き従ってきた。家康の関東入府に伴い武蔵国羽生《むさしのくにはにゅう》二万石をもって大名に列した。後、小田原へ六万五千石で移されたが、上州高崎《じょうしゅうたかさき》十三万石への栄転を断ったほどこの地に固執した。

「大御所さまの横暴を抑えねばならぬ」

将軍を秀忠に譲ってからも家康は、政を手放さなかった。一応、江戸に御用部屋があり、執政衆も詰めていたが、駿河の家康の意向には逆らえなかった。

「いかがなものかと」

駿河の老中と呼ばれた安藤帯刀、水野対馬守重仲《しげなか》から、大久保忠隣《ただちか》ら江戸老中のもとへ、家康の拒否が伝えられる。

「しかるべく」

家康の指図となれば、異議など唱えられるはずもなく、何度となく秀忠の施策は潰されたり、方針を転換させられたりした。

「隠居したというならば、おとなしく孫の相手でもなさっておられればよいものを」

表には出さないが、江戸の老中たちは不満を持っていた。

もちろん、もっとも機嫌を悪くしたのは将軍でありながら、実権を持たしてもらえなかった秀忠である。

だが、関ヶ原に遅参するという恥をさらしておきながら、なんとか嫡男の座を奪われずにすんだのは、家康のお陰であった。

「天下をお譲りいただいたうえは、お任せをいただきたい」

どれほどそう言いたかったのか。だが、それを口にすることはできなかった。

「なれば、頼宣に将軍宣下《せんげ》をさせよう」

朝廷は家康の言うがままであった。秀忠に大御《おおご》所号《しょごう》を許し、頼宣に将軍宣下となれば、秀忠は江戸を明け渡すしかなくなる。

「断る」

そう言えば、たちまち家康が天下の兵を率いて江戸へ進軍してくる。そのとき秀忠に味方するのは、譜代大名と旗本の一部で、ほとんどの大名は敵になる。

小田原は駿河に近く、箱根の関所を抑えるに最適の場所になる。関所を封鎖してしまえば、かなりの大軍でも支えられる。いや、家康、秀忠が手切れとなったとき、西国の大名を待つなどでまだ兵を集め切れていない駿河へ奇襲をかけることができる。

小田原は家康を仮想敵とした最前線の砦であった。

その小田原を秀忠の家老として付けられ、関ヶ原の合戦でも付き従った大久保家が手にしている。それは家康にとって邪魔でしかなかった。

手元で自ら傅育した十男頼宣を将軍にしたかったのかどうかは、わからなくなってしまったが、晩年の家康は家光、忠長の家督相続問題も含めて、秀忠と敵対することがあった。

家康の頭のなかに江戸侵攻がなかったとは言い切れない。そして、それに家康最大の謀臣本多佐渡守がかかわっていないはずはなかった。

「小田原さえ潰せば、江戸まで遮るものはございませぬ」

本多佐渡守の策で、大久保忠隣は罪という罪もなく改易となり、小田原城は城代が派遣される番城となった。城代は城の劣化を防ぐのが役目のようなもので、居城を守るという必死の思いはない。どころか、

「大御所さまがお入りになる。お出迎えせよ」

軍勢を率いた家康が来れば、さっさと城門を開けて、迎え入れる。

「もし、豊臣家を滅ぼした後大御所さまがお亡くなりにならず、あと五年でもご存命であれば……」

大久保加賀守はぞっとしていた。

家康の江戸侵攻という悪夢は、その死をもって消え去り、頭上の重石がなくなった秀忠は、ようやく天下を差配できるようになった。

その悪夢を見せられ続けた代償が、頼宣から駿河を取りあげ、本多を潰した。すでに本多佐渡守は、家康を慕うように亡くなっており、復讐の矛先は跡を継いだ本多上野介正純《こうずけのすけまさずみ》へ向かった。

「釣り天井を仕掛け、宇都宮城《うつのみや》に宿泊した秀忠公を害しようとした。こんな馬鹿なまねをあの本多家がするわけはない。だが、そうでもしなければどうしようもないほど本多家の守りは固かった。そして、荒唐無稽な理由が通るほど、秀忠さまの力は大きくなった」

大久保忠隣に着せられたものよりも分厚い濡れ衣を本多上野介はかぶせられ、流罪となり、徳川最大の謀臣の家系は滅ぼされた。かろうじて陪臣となっていた加賀の本多は見逃された。秀忠も娘の嫁ぎ先にまで手出しをするのは気が引けたのだ。

こうして加賀の本多は生き残った。

「おとなしく加賀で逼塞《ひっそく》しておればよいものを」

その本多が江戸に出てきて五代将軍に目通りをした。

「すでに本多の出る幕はない」

大久保加賀守が空中を睨《にら》んだ。

「江戸こそ天下である。その恐ろしさを思い知らせてやろう」

氷のような声で、大久保加賀守が決意を口にした。

第三章　絡む思惑

一

加賀藩の関所は東の境《さかい》関所、西の大聖寺《だいしょうじ》関所があった。関所とはいえ、幕府の箱根関所ほど厳重なものではなかった。

あまり露骨に人の出入りを制限すれば、幕府から見られては都合の悪いものがあると勘ぐられることになるからであった。

「通れ」

一応の木戸と番人が立ち、それらしい形は取っているが、通過する者たちを見咎めることはなく、よほど挙動が怪しい者でもなければ止めることはなかった。

「……甘いの」

行商人に扮した紀州藩薬込役野尻が鼻で笑った。

「厳しくはできまいが」

さりげなく追い抜きながら、別の薬込役がささやいた。

「境の関所がこれならば、大聖寺はもっと安楽だろう。獲物を攫《さら》った後が楽なのは助かる」

野尻は攫った琴を紀州和歌山へ連れていくように指示されている。江戸へ連れていくとなれば、奪い返される可能性があるし、なにより五代将軍綱吉を本多政長が頼るかも知れないのだ。

「紀州公が吾が娘を……」

「爺の娘ならば、吾が妹も同然じゃ」

まちがいなく綱吉は本多政長の願いを聞く。

「そのようなもの、当家にはおりませぬ」

「お検《あらた》めである」

拒否はできない。御三家は格別の家柄であるが、将軍家の命には服従しなければならない。ましてや傍系から将軍を継いだという引け目を持つ綱吉である。

紀州家が拒んだとなれば、矜持に傷をつけられたと激怒する。

「四国か九州、いや奥州へ行け。石高は五万石じゃ。徳川の名跡も停止する」

家康から選ばれて徳川の名前を許されているだけに、取りあげることはできないが、使うことを禁じるくらいはできる。

そういった事態を避けるのと、本多家による奪還を防ぐにも地の利のある紀州和歌山が最適であった。

「急ぐぞ」

野尻が、あらかじめ決めた合図で、個々に関所をこえた薬込役に指示した。

江戸での数馬襲撃を担う馬場たち四名の薬込役は、加賀藩邸を見張ることから始めた。

「留守居役だというが、まったく出てこぬな」

加賀藩邸の脇門が遠目に見える辻で、担ぎの野菜売りに化けた馬場が声を出さずに言った。

「警戒しているのだろう」

近隣の大名家から買いものに出てきた中間を装った仲間が、野菜の品定めをする風をしながら、やはり唇だけで答えた。

「忍びこむか」

根深《ねぶか》に手を伸ばしながら、中間に化けた薬込役が問うた。

「四人ではきついぞ。まちがいなく忍がいる」

手の動きで根深の値段を伝えながら、馬場が首を小さく横に振った。

「瀬能の長屋に爆裂弾を投げこむくらいならば」

「場所がわかっているならば、隙を縫ってできようが……」

「長屋はわからんよな。同じようなものが並ぶ」

どこの藩でも家臣たちに住居として長屋を与えている。家老や用人のように長屋とはいいながら冠木門《かぶきもん》付きの立派な一軒家から、足軽たちが住む棟割《むねわり》の二間ていどしかないものまで何種類かあった。そして長屋はよく似た石高でまとめられ、その造りもほとんど同じであり、なれていないと誰の長屋かわからなかった。

「まず、特定からか」

馬場が嘆息した。

「呼び出せぬか。外ならば仕掛けやすい」

中間が金を出しながら尋ねた。

「留守居役にさせるか」

「いつ、どこへとわかっていれば、罠も張りやすい」

馬場の言葉に、中間が付け加えた。

「やってみよう」

商いを喜んで頭を下げる野菜売りを演じながら、馬場が応じた。

巣穴から出てこない獲物を捕まえるには、おびき出すのが猟師の手立てになる。

馬場は屋敷に戻るなり、徳川光貞に目通りを願い、猟師の派遣を頼んだ。

「沢部《さわべ》をこれへ」

徳川光貞が留守居役を呼び出し、適当な理由を作りあげ、数馬を誘い出せと命じた。

「承知いたしましてございまする」

沢部が受け、使者を加賀前田家上屋敷へと出した。

「瀬能どのと懇談いたしたく」

名指しでの会合は珍しい。基本、留守居役は藩の顔であり、誰と交渉しようともその結果は同じになる。

「どういうことだ」

要求を聞いた留守居役肝煎六郷《きもいりろくごう》が困惑した。

「瀬能を呼び出しましょうぞ。なにか、沢部どのとかかわりがあるのやも知れませぬ」

「本多さまが、またぞろご一緒なさるということは……」

数馬に話を訊いてから返答をすべしと言った留守居役五木《いつき》に、六郷が肩をすくめた。

「瀬能だけで参れとは言えませぬ」

五木も渋い顔をした。

先日、留守居役は本多政長からあきれられている。

「藩のために働く留守居役が、他家の先達を神のごとくあがめるなど論外じゃ」

藩にかかわらず先任の者が偉いという、留守居役の慣例を、本多政長は一蹴した。

「百万石の誇りを胸に、堂々と渡り合ってこい」

本多政長の怒りは、正当なものであり、それに抗弁した留守居役は、藩主代理の判断として罷免、謹慎となっている。

「……いたしかたございませぬ。後は瀬能に任せましょうぞ」

五木が数馬を呼び出した。

「紀州家から使者が」

用件を聞いた数馬が奥でのんびりとしている本多政長へ目をやった。

「…………」

本多政長は好きにしろとばかりに、黙って手を小さく振った。

「御使者どのに会いましょう」

相手は加賀藩前田家より上座に位置する御三家である。琴のことは私《わたくし》であり、公《おおやけ》である藩とは別にしなければならない。

また、藩に琴の一件を話してはいない。会わないという選択肢はないにひとしい。

「夕七つ（午後四時ごろ）過ぎに、吉原《よしわら》の揚屋《あげや》菊水《きくすい》までご足労をいただきたい」

数馬が来るまで玄関で待っていた使者はそれ以上のことを知らされていなかった。

急な誘いであるうえ、断られるとは思ってもいない態度に、

「お断りする」

そう言おうとして、数馬は考え直した。

沢部は江戸城中に設けられている各藩の留守居役たちの控え室である蘇鉄《そてつ》の間外縁で、最初に琴を水野辰雄のもとへ再嫁してくれと本多政長に頼んだ人物である。

他人妻《ひとづま》を猫の子のようにくれと言った腹立たしい相手だが、先日の徳川光貞との遣

り取りを踏まえたうえでの呼び出しなのだ。

断るよりもあの後、徳川光貞が、紀州藩がどのように方針を変えたかを知る機会だと数馬は、不満を呑みこんだ。

「承知いたした」

数馬は諾と答え、使者を帰した。

「……吉原か。おろかよな」

長屋へ戻ってきた数馬から話を聞いた本多政長が嘆息した。

「吉原なれば、なにがあってもやり得、やられ損。行き帰りも人気《ひとけ》のないところを通る。そう考えたのだろうが、あさはかじゃ」

本多政長が紀州家の策を嘲笑した。

「吉原は苦界《くがい》。世間ではない。御三家であろうが、加賀百万石であろうが、同じ客だ。そこに身分差は持ちこめぬ」

吉原は徳川幕府が江戸で唯一認めている御免色里《ごめんいろざと》であった。その設立に徳川家康とともにかかわったのが本多佐渡守正信であり、吉原を完全に世俗と切り離していた。

「儂は行かぬ。そなたが好きにするといい」

「好きにしてよいと」

「うむ。紀州家に思い知らせてやればいい」

念を押した数馬に本多政長がうなずいた。

加賀藩上屋敷のある本郷から吉原までは、さほど遠いというわけではないが、七つに着いていようと思うならば、のんびりするわけにもいかない。

数馬はいつものように石動庫之介だけを連れて吉原へと向かった。

「火のなかに手を突っこんだのだ。しっかりと火傷《やけど》をさせてやれ」

見送った本多政長が、独り言のように呟《つぶや》いた。

「はっ」

短い返答があったあと、風が舞った。

「なんのために本多は加賀にあるのか。それに気づかぬとはの。家康さまのお血筋も落ちたものよ」

本多政長が嘆いた。

二

吉原は江戸中を焼き尽くした明暦《めいれき》の火事で江戸城に近い日本橋葺屋町《にほんばしふきやちょう》から、浅草田《あさくさたん》圃《ぼ》へと移転させられた。

かつては吉原の周りを大名屋敷が囲むような状況であり、客もそのほとんどが戦がなくなったことで荒ぶる気持ちを発散できなくなった武士であったが、城下から遠くなったことで門限のある武士は減り、商人や職人などへと客層が変化していた。

それでも吉原へ来る武士はいる。そのほとんどは、参勤交代で江戸へ初めて来た勤番武士たちで、思い出にと名高い吉原へ足を運ぶ。

とはいえ、勤番武士は藩から手当が出るわけでもなく金がないため、名高い吉原の太夫《たゆう》や格子《こうし》女郎《じょろう》などを相手にはできなかった。

太夫といえども純粋な揚げ代は一両ほどで買えないわけではないが、その格の遊女となれば、揚屋と呼ばれる貸座敷を押さえ、宴会を用意し、遊女に付いてくる童女《どうじょ》や男衆《おとこしゅ》などへの心付けも出さなければならない。それらが高く付き、一晩で十両ちかくに代金が跳ねてしまう。

勤番武士たちは、美しく化粧をした太夫や格子たちの姿を楽しみ、その後畳一畳ほどの仕切りのなかで半刻いくらという安い遊女を買って我慢をする。

安酒を飲み、女を抱いて、気分が高揚した勤番武士たちは、ここが江戸であることを忘れ、民の誰もが頭を下げて言うことを聞く国元のつもりでことをすませようとする。

「武士に逆らうか」

「儂を誰だと思っている」

金を払わずに店を出ようとしたり、客引きに出ている女を路地へと連れこもうとしたり、傍若無人に振る舞う者が出てくる。

「お客さま、困ります」

「お代ははらっていただかないと」

これを許しては吉原の根本が崩れる。吉原は世間とは違い、女にすがって生きている場所なのだ。

女が血の涙で稼いだ金で喰わせてもらっている吉原の男衆は、相手が武士であろうが、刃物を持っていようが臆することはない。

「包みこめ」

「後ろに回れ」

卑怯《ひきよう》も未練も吉原の男衆にはなく、手にした六尺棒を使って武士を滅多《めった》打ちにして、大門《おおもん》外へ放り出す。

武士は主君のためにある。その武士が遊びに出て、太刀を抜いたうえ、人扱いされない吉原の男衆に負けた。

これは本人だけでなく、藩の恥、主君の名前に傷が付く愚行でしかなかった。

「そのような者は、当家にかかわりなし」

結局、馬鹿をした者は見捨てられる。

こうして吉原はやられ損の地となった。

「御免、紀州の沢部どののお招きで参った。拙者加賀藩の瀬能と申す」

指定された揚屋菊水に入った数馬が用件を男衆に伝えた。

「瀬能さまで。お待ちいたしておりました」

すぐに男衆が対応した。

「畏れ入りやすが、ここの決まりでござんして。お腰のものをお預かりいたしやす」

「存じておる」

数馬が両刀を抜いて男衆に渡した。

刀を預かることで、見世《みせ》のなかでの刃傷沙汰《にんじょうざた》を防ぐ。男衆は預かった両刀に紐をかけ、しっかりと名札を付けた。

「これではないわ」

万一、刀をまちがえて渡すような失態を犯すと、大問題になる。

「先祖重代の銘刀である」

それが正しいかどうかの証明ができなければ、見世側が弁済しなければならなくなった。

「庫之介、西田屋《にしだや》どののもとで待っていてくれ」

数馬が石動庫之介に言った。

こういう場合、気の利いている主君ならば幾ばくかの金を従者に渡し、遊んでこいと送り出す。それをせず、数馬はわざと西田屋甚右衛門《じんえもん》の名前を出した。

「はっ。西田屋どのにはなにか」

「帰りに寄らせていただくと」

「承知いたしてござる」

首肯して石動庫之介が揚屋を出ていった。

「瀬能さま、失礼でござんすが西田屋さんとおかかわりあいが」

「義父が西田屋どのと交流があっての」

揚屋の男衆の問いに数馬が答えた。

「西田屋……加賀の瀬能さま」

男衆が気づいた。

「本多さまの」

「娘婿じゃ」

驚いた男衆に数馬が告げた。

「これはご無礼を。きみがててさまより、手厚くおもてなしするようにと仰せつけられておりまする」

男衆の態度が変わった。

「頼む」

少し前、本多政長に連れられて吉原へ来た数馬一行を金で買われた吉原の男衆が襲った。

吉原は御免色里として、町奉行所の手も入らない、太刀を預けても安全であるという保証のもとに豪商やときには大名までも遊びに来る。そこで、吉原に属する男衆が、客を殺そうとしたとなれば、それこそ根幹が揺らぐ。

幸い、数馬、石動庫之介、刑部の奮闘で、男衆を殲滅《せんめつ》し、怪我一つなく終わったが、吉原としてはそれでよしとはできない。

吉原を作った庄司甚内《しょうじじんない》の子孫で吉原全体を差配する西田屋甚右衛門は、ただちに引き締めをおこない、ことを表沙汰にせずすませてくれた本多政長、数馬の名前をすべての見世に通知、格別扱いを指示していた。

「どうぞ、お二階で」

男衆の先導で、数馬は沢部の待つ座敷へと案内された。

「お連れさまがお出ででございまする」

「通せ」

声をかけた男衆になかから応答があった。

「どうぞ」

男衆が襖を開け、数馬が座敷に足を踏み入れた。

「本日はお招きをいただき、かたじけのうござる」

宴席の代金は、招いた側が持つ。招かれた側は、最初に感謝を口にするのが礼儀であった。

「座られよ」

不意の招きへの詫びや、吉原まで呼びつけたことへのねぎらいもなく、沢部が下座を示した。

「ご無礼仕ろう」

下座を受け入れることはできなかった。たしかに紀州家と加賀前田家では、わずかな差がある。紀州家が大廊下上の間に席が与えられているのに対し、加賀前田家は下の間になる。しかし、宴席で下座を強いられるほどのものではなかった。もし、これを受け入れてしまうと、今後加賀前田家は紀州家の下座に着くという前例になりかねない。

また、今回は無理に呼びつけた紀州家に問題があるため、上座を数馬に譲って当然なのだ。

数馬は座敷を進み、沢部の右手に腰を下ろした。

「きさま、無礼であろう」

勝手に座を決めた数馬に、沢部が怒った。

「どちらが無礼か」

呼んでもらった礼は言った。

「当日の招待は、貸しの一つと決まっておりましょう」

留守居役には貸し借りがあった。無理を言った側が借りを作り、後日何かの形で返すのが留守居役の慣習となっていた。

「御三家に呼ばれたのだぞ」

「呼んでいただきたいとお願いした覚えはございませぬ」

「たかが外様の分際で……」

反論した数馬に沢部が顔を真っ赤にした。

加賀藩前田家と紀州徳川家は、留守居役でいうところの同格組になる。同格組というのは、近隣組と呼ばれる藩境を接しているか、参勤交代の途上にあるなどのつきあいがある大名家とは違い、ほとんど留守居役が動くことはなかった。同格組の留守居役が会うのは、せいぜい顔合わせか、藩主公の家族の輿入《こしい》れ、養子縁組などでしかない。ようは、一代の間に一度あるか、二度あるかといったていどであった。

「御用がなければ、これで」

数馬が立ちあがった。

「あ、待て」

沢部が数馬を引き留めた。

「御用を伺おう」

作法を外れているとわかっている数馬だったが、立ったままで訊いた。

「……言うまでもなかろう。妻を離縁いたせ」

「答えるまでもあるまい。断る」

「紀州家の指図であるぞ」

「聞く耳持たぬわ」

数馬が一蹴した。


吉原の大門を出たところには、たくさんの茶屋が並んでいた。その一つに、馬場たちが集まっていた。

「菊水に入った」

一人の薬込役が報告した。

「家士はどうした」

「分かれて別の見世へ入った」

「瀬能は一人になったか」

馬場が腕を組んだ。

「どうする。あの家士はかなり遣うぞ」

薬込役の一人が、襲うなら今だと提案した。

数馬たちの後を付けているときに、しっかり薬込役たちはその力量を見極めていた。

「なかで襲うか……」

馬場が考えた。

「今だと、沢部どのを巻きこむことになる」

「それくらい気にせずともよいのではないか。沢部どのも殿のご命に従うとなれば、文句はあるまい」

薬込役が言った。

「…………」

「それに吉原のなかは、御法度の外。町奉行所も目付も入れぬ」

やりたい放題だと同じ薬込役が勧めた。

「……仕掛けるか」

思案した馬場も乗った。

「よし、出るぞ」

「おう」

馬場たちが茶屋を後にして、大門を潜った。

「……ふん」

数馬が出ていった後を見ながら、沢部が杯を干した。

「愚か者が。たかが女一人のことで将来の芽を摘むなど」

沢部が嘲笑を浮かべた。

「まあ、もういい。今宵を最後に二度と会うことはないのだ。去り状を一枚書くだけで、死なずにすんだものを」

ほんの少し気まずそうな表情をしながら、沢部が嘆息した。

「沢部さま、お客さまが」

「客……誰だ」

「同藩の馬場さまと」

「馬場が……通してよい」

男衆から聞いた沢部がうなずいた。

「沢部どの」

「うわっ。いつの間に」

後ろから声がして男衆が驚いた。

「いきなりどうした。揚屋は両刀禁止ぞ」

「瀬能は」

沢部の詰問を馬場が流した。

「もう帰ったぞ」

「引き留められなかったのか」

「無茶を言うな。どうやって話を繋げというのだ。二度も拒まれた話を三度蒸し返すほうに無理がある」

咎めるような口調の馬場に、沢部が手を振った。

「ちっ」

舌打ちをした馬場が、背を向けた。

「もういいのか」

「…………」

役目を終えていいのかと訊いた沢部に、馬場は返事もせず、去っていった。

「よろしいので」

ようやく落ち着いた男衆が沢部に尋ねた。

「ああ。まったく気分が落ちるわ。おい、酒の代わりを持ってこい。それと妓《おんな》はまだか」

「ただちに」

男衆が首肯した。

沢部の要求の手配をすませた男衆は、その足で西田屋へと急いだ。

「大門を出たか」

「いや、まだだ」

念のため、大門側に残していた見張りの薬込役が、馬場の問いに首を振った。

「引き留めさえできぬのか、留守居役は」

薬込役の一人が不満をあらわにした。

「止めよ。できてしまったことは戻らぬ。それよりも瀬能がどこに行ったかだ」

馬場が抑えた。

「吉原中を探すか」

「無理を言うな。どれだけの揚屋と遊女屋があると思っている」

「大門を見張っていればいいだろう。吉原には他に出入り口はないはずだ」

いろいろな意見が出た。

「そういえば、三枝《さえぐさ》、瀬能の家士はどこに」

「西田屋だ」

馬場に確認された薬込役の三枝が答えた。

「名だたる遊女屋ではないか。家士ではとても暖簾《のれん》を潜れぬぞ」

「瀬能が馴染《なじ》みだとすれば、そこでの待ち合わせは不思議ではない」

「うむ」

薬込役たちの意見が一致した。

「一応、二人大門を見張るために残れ」

「やるのか」

三枝が西田屋にいる数馬たちを襲うのかと尋ねた。

「いや、家士もいるうえに西田屋の男衆も邪魔をするだろう。とりあえず、確認だ」

馬場が慎重にいくと宣した。

「やむを得まい」

「まだ帰路がある」

薬込役たちが首を縦に振った。

三

数馬を迎えた西田屋甚右衛門は、茶を点《た》てた。

「お酒というわけにも参りますまい」

「かたじけない」

この呼び出しが罠であると聡《さと》い西田屋甚右衛門は気づいており、酒を出すことで万一の状況に陥らぬようにと気遣ってくれていると、数馬は感謝した。

「きみがてて」

茶を一服する前に、菊水からの報せが来た。

「ご苦労だったね。西田屋が礼を言っていたと、菊水のお方にお礼をね」

「へい」

西田屋甚右衛門の言伝を預かった男衆が首肯した。

「来たようでございますな」

石動庫之介のための茶を用意しながら、西田屋甚右衛門が呟くように述べた。

「やはりというか、廓《くるわ》うちで馬鹿をする気だったとは」

数馬があきれた。

「わたくしどもが抵抗するなどと思ってもおられぬのでございますよ。どうぞ」

点てた茶碗を西田屋甚右衛門が、石動庫之介の前に置いた。

「ちょうだいいたしまする」

一礼して、石動庫之介が茶碗を持ちあげた。

「次はここか」

「でございましょうが、さすがに見世へ討ちこむことはできますまい」

数馬の予想を西田屋甚右衛門が違うだろうと首を横に振った。

「揚屋は客の数も少なく、男衆も少ない。しかし、遊女屋は客も男衆も多く、瀬能さまを探すだけでも手間取りまする」

西田屋甚右衛門が告げた。

「となると吉原から出た後ということになろうな」

「はい」

嘆息する数馬に西田屋甚右衛門がうなずいた。

「なれば早めに出るのが吉か」

まだ呼び出されてから半刻ほどしか経っておらず、日は暮れていなかった。

「でございますな。ごゆっくりしていただけぬのは残念でございますが、また後日、お見えいただいたときにでも」

「それがの、どうやら近々国元へ戻ることになりそうでの」

「おや、それはおめでとうございまする」

数馬の言葉に、西田屋甚右衛門が祝いを述べた。

「世話になった」

「いえ。また江戸へお出での節は、是非ともおみ足をお運びいただきますよう」

一礼した数馬に、西田屋甚右衛門が愛想よく別れを告げた。

「では、達者であられよ」

数馬が西田屋を後にした。

「おい」

「御用で」

見送りを終えて表情を冷たく変えた西田屋甚右衛門の呼びかけに、男衆が応じた。

「二人ほど大門までお見送りをしなさい。あと、菊水さんに来ている紀州家の留守居役だけど、どこの見世の馴染みか調べて、敵娼《あいかた》に伝えなさい。手ひどく振るようにと」

「へい」

命じられた男衆が駆けていった。

「吉原は女たちに安らぎを求めてこられる方のもの。そこに無粋《ぶすい》な事情を持ちこむような輩《やから》は客ではない」

西田屋甚右衛門が吐き捨てた。

「出てきたぞ」

西田屋の暖簾を割って出てきた数馬と石動庫之介に見張っていた馬場が気づいた。

「やるか」

相方の薬込役がすっと懐に手を入れた。

「やめておけ、西岡《にしおか》。人が多すぎる。騒ぎになれば思わぬ失敗をする」

馬場が止めた。

「しかし、吉原で死んだならば、藩から捨てられるぞ。病死や事故死を装うよりも楽だ」

「…………」

西岡に言われた馬場が黙った。

遊所で死んだ者は、死体さえ引き取られない。死体はそのまま吉原に近い寺に無縁仏として葬られるのが、武士の慣例であった。

「後始末が要らぬのはいいが……」

馬場が迷った。

「お客さま、今日のお見世はお決まりで」

数馬の背中を見つめていた馬場たちに客引きの男衆が近づいてきた。

「……いや、冷やかしじゃ」

武家の姿を取っている馬場が客引きの男衆に首を横に振った。

「そうおっしゃらずに、馬には乗ってみよ、女は抱いてみよと申しますし。うちの女衆はみな床上手でございますよ」

「持ち合わせがない」

しつこい客引きに、馬場が声を荒らげた。

「なんでえ、空《から》っ穴《けつ》か。まったく、じっと立ち止まっているから、迷っているんじゃねえかと思って声をかけちまったぜ」

口調を変えて、客引きが離れていった。

「くっ、下人が」

馬場が罵った。

「おい、あいつらが辻を曲がったぞ」

西岡が馬場を揺すった。

吉原開闢《かいびゃく》以来の西田屋は、大門から続く仲の町通りから一筋入ったところにあった。

「まずいっ」

馬場が苦い顔をした。

「仲の町に出られれば、他人目が今より増える」

「外でやるしかないか」

悔やむ馬場に西岡が言った。

「……外で片付けて、吉原のなかに捨てればいいのでは」

馬場が思いついた。

「なるほど。それなら、吉原で死んだと見せかけられるな」

西岡が妙案だと同意した。

「三枝たちと合流するぞ」

「ああ」

二人の薬込役が足を速めた。

吉原の大門を出たところで、石動庫之介が数馬の半歩後ろに付いた。後ろからの不意討ちに対応するためである。

「何人来ると思う」

来ることは確実となれば、あとは敵の数であった。

「おそらく三人以上でございましょう」

よほど腕に自信があっても、数の優位というのは覆しにくい。襲う側は確実を期すために、獲物より多くの手勢を繰り出すのが定石であった。

「十人はおるまい」

「さすがにそこまでとなると目立ちまするし、なにより味方が邪魔になって数の優位が崩れましょう」

数馬の考えに石動庫之介も同意した。

「五人というところか」

「かと」

「ならば、楽だな」

「はい」

数馬と石動庫之介が笑った。

「参ったようでございまする」

どれほど音を消そうとも、走ることで生じる地面の揺れまでは無理である。茶屋が並んでいる通りを過ぎた辺りで、石動庫之介が太刀を抜きながら、身体を回した。

「こっちはいなそうだ」

数馬は石動庫之介の動きを邪魔しないように間を空けた状態で正面を警戒した。

「四人。出まする」

石動庫之介が機先を制すると前に出た。

「二人で家士を抑えろ」

「来い」

馬場の指示に三枝が、もう一人の薬込役を誘って、石動庫之介へと向かった。

「我らは獲物を」

「承知」

馬場と西岡が数馬へ奔《はし》った。

「……来いっ」

太刀を抜いた数馬も応じて踏み出した。

数の不利をなくすには、とりあえず動き、同時に二人の間合いに入らないようにするのが肝《きも》になる。

数馬は石動庫之介から離れることを承知で走った。

「足を止めろ」

「おう」

吉原から遠ざかれば遠ざかるほど、後始末が面倒になる。馬場の指図に西岡が応じ、足に力を入れた。

「…………」

武士はすべからく右利きでなければならなかった。もちろん、左利きの者もいるが、両刀を左腰に差さなければならない都合上、右利きに矯正される。戦で固まって戦うとき、一人左ではなく右に刀を差していれば、それだけで軍列が乱れてしまうからだ。

そして左腰に刀がある以上、抜き討ちはもちろんのこと、太刀を振るうあらゆる行動に制限がかかる。つまり、左側に位置取られると対応に苦慮することになる。だからといって突っこんでくる西岡を右にすべく身体を回せば、迫っている馬場に背中を見せることになる。

数馬はやむを得ず、もう一歩後ろに下がった。

「分断されたか」

石動庫之介との間合いは、五間（約九メートル）以上に広がっている。これでは咄嗟のときの援護が間に合わない。

「覚悟」

追いついた西岡が数馬の左から、脇腹を狙って薙《な》いできた。

「なんのう」

来るとわかっていれば、薙ぎほど防ぎやすいものはなかった。

数馬は太刀の切っ先を地に向けるように立て、横薙ぎを止めた。

「馬場」

「おう」

西岡が太刀を押しこみながら、合図の声をあげた。

力を加えられたことで数馬は太刀を動かせなくなった。薙ぎは太刀の切っ先で半円を描くようにするだけあって、頂点に達するまでの食いこみが強い。

「失敗したか」

数馬が焦った。

薙ぎは防ぎやすいが、弾《はじ》きにくい。弾きあげたところで、その刃筋が上下するだけで、身体に届く。上段や脇構えからの斬り落としならば、弾くだけで大きくその筋が狂い、まず当たることはなくなる。

「はまったな」

馬場が笑みを浮かべながら、太刀を振りあげた。

「そっちがな」

数馬が口の端をゆがめた。

「……がっ」

あと少しで数馬に馬場の太刀が届くというところで西岡が苦鳴をあげて転がった。

「誰だ」

すばやく馬場が足を止めて警戒した。

数馬が何かをしたと考えず、すぐに援軍があったと見抜く。さすがに紀州藩主の側近だけのことはあった。

「どうやら、紀州公はかなり焦っておられたようだな」

転がった西岡の手から落ちた太刀を拾いあげた数馬がそれを遠くに捨てながら言った。

「少し調べれば、吾にはもう一人家臣がいることくらいは突き止められたであろうに」

数馬があきれるような口調で語った。

「本多の軒猿か」

馬場が吐き捨てた。

「ちょっと違うな。もう一人は、心配性な妻が付けてくれた者……」

「ぐわっ」

「む、無念」

自慢げに胸を張った数馬の発言を遮るように、石動庫之介に向かっていた三枝たちの末期《まつご》の叫びが聞こえた。

「……馬鹿な」

二人でかかって負けるとは思っていなかった馬場が、思わず後ろへ目をやった。

「殿、吉原などの御用の節は、わたくしをお使いくださいませ」

数馬の後ろに忍び装束《しょうぞく》の佐奈が姿を現した。

「なっ……女」

馬場が慌てて顔を戻した。

「気づいて、いや覚えておらなんだのか。姫、いえ奥方さまが紀州からお戻りになされたときに、付き従っていたぞ」

佐奈が続けた。

「駿河から紀州への移封を防げなかった。ふん、薬込役のほどが知れる」

「おのれっ」

嘲笑する佐奈に馬場が憤った。

「その傲慢《ごうまん》な口を塞いでくれるわ」

馬場が太刀を構え直した。

「よいのか」

数馬がのんびりした口調で割りこんだ。

「黙っていろ。女の後は、おまえだ」

馬場が数馬を叱りつけた。

「このまま、こいつらを放置しておいても。大門内ならば、町奉行も目付も手出しせぬが、ここは外だぞ」

「どこで朽ち果てても悔やまぬのが我らじゃ」

身分を明かすようなものはないと馬場が、肚をくってのことと答えた。

「そうか。では、そなたを討ち果たした後、お目付にお届けするとしよう。紀州藩士を名乗る者たちに襲われたと。吾が妻を家老のもとへ嫁がせろとの申し入れを断ったことも付け加えてな」

「……ぐっ」

振りあげた太刀を馬場が止めた。

「紀州には傷がある。上様はどうお考えになろうかの。これを機に御三家の格を下げられるやも知れぬぞ。将軍を出せぬ一族、そう、越前《えちぜん》松平家と同じように」

「神君家康さまが作られた御三家じゃ。いかに上様といえども手出しはできぬ」

「おめでたいことだ」

数馬が嘆息した。

「神君家康公のご諚が絶対ならば秀忠公は、南龍公を駿河から移せなかった。違うか」

「…………」

馬場が黙った。

「殿、そろそろ、夕餉《ゆうげ》の仕度をいたしたく」

佐奈が帰りましょうと数馬を促した。

「そうだの。では、庫之介、仕留めよ」

「はっ」

いつの間にか、石動庫之介が馬場の背後に近づいていた。

「……わかった」

馬場が肩を落とした。

「刀を仕舞え」

数馬も石動庫之介も佐奈も馬場への警戒を緩めなかった。

「……これでいいか」

太刀を鞘に納めた馬場が問うた。

「下げ緒で鞘と鍔《つば》をくくりつけろ」

刀を鞘に仕舞ったところで、信用はできなかった。居合いの達人ともなれば、抜く手も見せず、相手の血脈を断つくらいはしてのける。

「疑い深いことよ。小心者だな」

小さく唇をゆがめ、馬場が嘲笑した。

「まさか、そのていどで信用すると思ったのか」

佐奈があきれた。

「…………」

鼻白んだ馬場が、言われたとおりに下げ緒で鍔と鞘を結び、抜けないようにした。

「次っ。一々言わせるな」

不機嫌さをあらわに佐奈が命じた。

「気のきつい女じゃ。それでは嫁のもらい手があるまい」

「嫁に行く気などないわ」

せめてもの嫌がらせにと嫌味を言った馬場を佐奈は相手にしなかった。

「……これでいいか」

懐に忍ばせていた暗器を馬場が捨てた。

「衿と脚絆《きゃはん》のなかにもあるだろうが、それくらいは許してやろう」

底の浅いまねをすると佐奈が鼻で笑った。

「……覚えていろ」

見抜かれた馬場が、歯がみをした。

「参ろうか」

もういいだろうと数馬が佐奈に告げた。

「……お待ちを」

佐奈が数馬の動き出しを止めた。

「どうした」

「参りまする」

怪訝な顔をした数馬に、そう告げて佐奈が前に出た。

「若殿」

音もなく、軒猿の男が数馬の前に現れた。

「どうした」

「覗き見をしておりました者が……」

数馬の問いに軒猿が答えた。

「どこの者だ」

紀州の者なれば、先ほどの戦いに手出しをしてくる。数馬を亡き者にできれば、琴の婚姻を阻害する最大の壁がなくなる。本多政長も琴も数馬を殺した紀州へ行くことを承知はしないだろうが、それでも御三家の威光という手がある。綱紀が江戸城にあがったとき、上の間と下の間の差があるとはいえ、紀州家は同じ大廊下にいる。言うまでもなく、上の間に座する紀州家が上になる。

「家臣も抑えきれず、よくぞ大名でございという顔ができる」

「徳川の一門面をしながら、家老に言うことを聞かせることさえできぬとは、情けないにもほどがある。大廊下では高すぎると、木っ端《こぱ》どもの詰め所帝鑑《ていかん》の間あたりに自ら下がってしかるべきではないか」

嫌味を効かせるくらいはできる。

綱紀がそのていどの煽《あお》りに乗ることはないが、度重なると不満はたまる。

「いやいや、ご当主さまに刃を突きつけぬだけ、ましでございまする」

頼宣と安藤帯刀のことを持ち出して、嫌味を返すくらいのことはやるだろうが、それ以上はさすがにまずい。

「権中納言め」

江戸城を下って屋敷に帰った綱紀が一言でも愚痴《ぐち》を漏らせば、本多の立場は一気に悪化する。

このとき、数馬がまだ生きていれば、誰も非難はできない。人妻を欲するというのは、人倫にもとる行為であり、諫言の対象になる。徳川光貞のそれをどうにかできないとなれば、紀州家の付け家老たちの意味が問われることになるからだ。

その最大の障害である数馬を片付けようとするのは当然のことであった。そのためには結果を見届ける者など不要、最大戦力を繰り出すべきであった。

「これを……」

軒猿が懐から手ぬぐいを出し、包んであった手裏剣《しゅりけん》を披露した。

「棒手裏剣」

見慣れた武器に数馬が反応した。

「この長さと太さのものは、伊賀かと」

「伊賀……」

「どこかに雇われての刺客業か」

「流れの者ではなかろうと」

数馬のつぶやきに軒猿が首を左右に振った。

「もう、流れの需要はございませぬ」

上杉の軒猿、伊達の黒はばき、北条《ほうじょう》の風魔《ふうま》、薩摩《さつま》の捨てかまりなど、戦国の大名は自前の忍を抱えていた。

だが、特殊な技能を身につけなければならない忍というのは、育成に金がかかる。よほどの大名でもなければ、独自の忍を持つことは叶わず、流れと呼ばれるその場その場で雇われる相手を替える忍を遣う。とはいえ、これは戦国乱世で忍の需要があったからこそなりたった話であり、泰平になれば忍の価値は下がる。ましてや、抱えすぎた家臣たちをどうやって減らすかと悩んでいる大名家に、忍を雇うだけの余裕はない。

「流れでないとすれば……伊賀組か」

「伊賀組は先代家綱《いえつな》さまのころより、執政衆の下に配されたと聞いております る」

「執政……加賀守」

軒猿の言葉に数馬が思い当たった。

「……その者どもは、どうした」

「日本堤《にほんづつみ》の道哲庵《どうてつあん》に」

「投げこんだか」

殺して捨てたと軒猿から告げられた数馬が嘆息した。

道哲庵とは、西方寺《さいほうじ》のことである。吉原の看板太夫の二代目高尾太夫《たかおだゆう》とかかわりのあった道哲という僧侶が、死んだ後葬られもせず、捨てられる遊女たちを憐れみ、西方寺のなかに供養寺を造った。

道哲庵には、脇に大きな穴が掘られてあり、そこに死した遊女や吉原の男衆などが素裸にされて放りこまれることから、投げこみ寺とも呼ばれていた。

そこに投げこまれた死体は、そのまま上からわずかな土をかけられるだけであり、一杯になったら、別のところに新しい穴を掘るという雑な扱いを受ける。

当たり前だが、誰もその身元を探ろうとはしなかった。

「…………」

ちらと数馬が馬場を見た。

「見張り……いや、そんな余裕はない」

馬場が啞然としていた。

「よし、帰るぞ」

数馬が歩き出した。

「よろしいのでございまするか。紀州公への苦情などを……」

いつもの位置に戻った石動庫之介が、徳川光貞に釘を刺しておかなくていいのかと訊いた。

「聞く耳など持つまいよ。すでに新しく上様が決まり、天下は定まった。それをあえて乱そうというのだ。他人の意見など蚊の鳴き声でしかない」

数馬が首をゆっくりと左右に振った。

四

さすがに一人で三人を抱えて帰ることは難しい。

倒された三人の死体を物陰に隠し、馬場は恥を忍んで屋敷へ戻った。

「申し開きもできぬ」

馬場が宮地の前でうなだれた。

「瀬能を討つどころか、三人も失うとは……」

宮地があきれた。

「下調べが……」

「殿のご命に文句を付ける気か」

「……すまぬ」

険しい声で言われた馬場がより身を縮めた。

「殿への報告はせずともよい。吾が機を見てする」

「よいのか」

代わって怒られてやると言った宮地の言葉に馬場が驚いた。

「加賀へ出した野尻たちが成功すれば、江戸のことなどどうでもよくなる。ご機嫌もよろしかろう。そのときにお詫びすれば、あまりきつくお咎めにはなるまい」

今、報告すれば馬場は切腹することになる。薬込役はその役目柄それほど数がいないだけに、減らされるのは後々に響く。

「しかし、軒猿というのは、そこまで手強《てごわ》いか」

「隙がない」

問うた宮地に馬場が述べた。

「そなたが見てもか」

「見てもというより、見えぬ」

馬場が首を横に振った。

「それほどか」

「どれだけ我らがあぐらを掻いてきたか、思い知らされたわ。もう一度、いやより厳しい修業を重ねねば、軒猿には及ばぬ」

「今以上の武芸を身につける……」

「違う。忍の技じゃ」

馬場がもう一度首を左右に振った。

藩主最後の盾と言われているだけに薬込役は、どうしても武芸に重きを置く。忍の術を多少は遣うが、知っているといったくらいでしかなかった。

「名誉ある薬込役が、忍となるか」

「そうあるべきだ。考えてみろ、もう天下に戦はない。我らの出番もお狩りの供を仰せつかるだけじゃ」

馬場がため息を吐いた。

藩主の鉄炮を調える役目など、泰平では不要になる。なにせ藩主が鉄炮を遣うことがないのだ。

「…………」

宮地が沈黙した。

「のう、宮地。吾は女軒猿に言われたことが頭から離れぬ」

「なにを言われた」

力なく言う馬場に宮地が訊いた。

「藩主公の側近と自慢をしながら、駿河から追い払おうとした秀忠の策を防げなかった。そう言われたとき、吾の心は折れた」

馬場は二代将軍を呼び捨てにした。

「それはっ」

宮地も絶句した。

「我らの親、祖父がしっかりと秀忠を見張っていれば……」

「……返す言葉はないな」

悔しがる馬場に宮地もうなだれた。

「これからは刀や槍の働きではない。相手が何をしてくるかを見抜き、機先を制する者が勝つ」

馬場が顔をあげた。

「今度のことで、吾は心底悟った。これからは力ではない、細作《さいさく》の能が天下を左右すると」

「……ああ」

宮地もうなずいた。


境の関所を過ぎた野尻たちは、ゆっくりと街道を進み、越中高岡《えっちゅうたかおか》で一夜を過ごし、翌日の夕刻に金沢の城下へと入った。

「明日の朝のうちに瀬能の屋敷を探し出し、昼過ぎに琴さまを攫う」

安い木賃宿は大勢での雑魚寝《ざこね》が決まりで、どれほど聞かれまいとしても無理である。一同は金がかかるのもいたしかたなしと男女に分かれて旅籠《はたご》に入り、手配りを確認した。

「野尻さま」

「なんだ、須佐美《すさみ》」

手をあげた薬込役の女に野尻が発言を許した。女の薬込役は、藩主が奥に入ったときの警固を務める。一応の武芸は身につけていた。

「琴姫さまのお顔をわたくしは存じあげませぬ」

須佐美と言われた女の薬込役が告げた。

「吾も知らぬ。知っておる者はおるか」

首を横に振った野尻の問いかけに、一同が同じだと示した。

「水野志摩介さまの奥方であったとはいえ、我らとの繋がりがない」

野尻が苦い顔をした。

「とにかく、瀬能の家を探ろう。瀬能の妻というくらいだ。年若には違いない。なにより、殿がご執心なさるほどじゃ。他人目《ひ》を惹く美形であろう」

徳川光貞の側近くに仕える薬込役は、その求めているものをくみ取ることに長《た》けていた。

「水野辰雄の嫁を」

そう言いながら、徳川光貞が琴を吾がものにしようと考えていることなど、とうに見抜いていた。

「少し余裕を見ねばならぬか。適当に攫って別人では話にならぬ」

「では、しばらくは瀬能の屋敷を探るか」

「忍びこめるときは、入るぞ」

薬込役の男からの確認に野尻が答えた。

「主が江戸だ。留守宅はどうしても気が緩む。隙はかならずあるはずだ」

「見つけたときはどうする。一度報せに戻るか」

「敵の城下で長居は無用だが……」

言われた野尻が悩んだ。

「その辺りは臨機応変で参ろう。迫田《さこた》、おぬしは馬を一頭手配してくれ。あと人を一人包めるくらいの薦《こも》を」

「姫さまを荷物扱いする気か」

「攫った姫を駕籠《かご》や輿《こし》で運べるか。すぐに知られるわ」

あきれる迫田に野尻が言い返した。

「儂ならば、一人くらい抱えても走れるぞ」

迫田が琴を抱きかかえて走ると言った。

「姫に触ったと殿がお怒りにならねばよいがの」

「……それはまずい」

腹心とはいえ、藩主から見て薬込役など、さほどのものではない。

「気に入らぬ」

その一言で、家が潰れる。

「馬を探す」

「いざというときは走らせるのだ。百姓馬では困るぞ。あと、若くなければ駆け続けられぬ。どこぞの厩《うまや》から良さそうな馬を調達してくれ」

「無茶を言う。犬猫ではないのだぞ。武家の馬は」

「なんとかしよう」

頬をゆがめた顔で迫田が首肯した。

「よし、では、明日に備えるぞ」

野尻が休めと一同に言った。


瀬能家の屋敷は、城下の外れに近い。どうしても旗本の出という経歴が扱いの悪さとして出る。

「あれのようだな」

さすがに金沢藩士に瀬能の屋敷はどこだと問うわけにもいかず、野尻たちは城下の行商人から話を訊くしかなかった。

「ご当主さまが奥方さまを娶られたと聞きまして、お祝いをと」

人のいい商人を演じた野尻に、行商人は素直に応じてくれた。

「あの水路に沿って進み、大きな松の木があるお屋敷の角で右に入れば、突き当たりが瀬能さまで」

「さようでございますか。それはご丁寧に」

「ですけど……奥方さまをお迎えになられたというお話は聞きませぬ。たしか瀬能さまは江戸詰でございましょう。江戸でよいお方でも」

礼を述べた野尻に行商人が逆に尋ねてきた。

「いえ、本多さまのお姫さまと縁談がと耳にいたしまして」

「本多さまといえば、あの」

行商人が驚いた。

「………」

予想をこえた反応に、野尻が黙った。

「いや、いいことを教えていただきました」

「いいこととは」

喜ぶ行商人に、野尻が問い返した。

「本多さまといえば、筆頭宿老さま。そのお家のお祝いごととなりますと、城下が華やぎまする。祝い品を扱うお店が流行《はや》り、婚礼衣装や荷物などをあつらえる職人が忙しくなり、城下でお金が回り、わたくしどもも潤うのでございますよ」

行商人が語った。

「失礼だが、祝いごとで忙しくなるお品ではないと……」

気まずそうに野尻が行商人を見た。

「いえいえ。これは今日の売りもので。その日安く仕入れられたものを売って歩くのが、担ぎの商い。お祝いごととなるならば、お菓子が売れましょうから、今のうちに有り金はたいて、砂糖を買えば儲かりますわ」

「菓子を作るのではなく、砂糖を」

「わたしら菓子を作れるほど器用ではございませんので」

「では、これで」

行商人が手を振った。

急いで行商人が離れていった。

「よかったのか。あやつの口から我らのことが漏れるというような……」

薬込役が懸念を表した。

「大事なかろう。あやつの頭のなかは、砂糖で儲けることで一杯だ。我らの顔など覚えてもおるまい」

野尻が問題ないと述べた。

「片付けておいたほうがよいのではないか。行商人一人いなくなったところで、気にする者もさほどおるまい」

口封じをすべきだと薬込役が進言した。

「考えないわけではないが、万一声をあげられたり、死体が見つかったりすると騒ぎになる。任に差し障《さわ》るかも知れぬ」

野尻が駄目だと口封じを止めた。

役立たずというか、形式だけの関所でも、城下で人が殺されたとなると一気に緊迫した。木戸を閉じ、通行する者は一人一人ていねいに検めて、下手人《げしゅにん》の逃亡を阻止しようとする。そんなところに人を攫って馬の背に乗せて運んでいる薬込役が通りかかる。捕まえてくれと言っているのも同じであった。

「わかった」

苦情を申したてていた薬込役が引いた。

「では、まずは周囲の確認をしようぞ」

野尻が一同を促した。

すべての悪事は下調べで成否が変わるといえた。

手分けして野尻たちは、瀬能の隣屋敷の状況を調べた。

「……どうであった」

瀬能屋敷の警固状態を担当した野尻のもとに、薬込役が見聞をすませて集まった。

「右隣は狭いな。瀬能の半分ほどしかない。家人は当主がいるかどうかはわからんが、見える範囲で八人はいた」

「左も同じような規模だが、人は多いぞ。見えただけで十人はいた」

「瀬能屋敷の裏へ回りましたが、すぐに山となっており、辻らしきものもございません」

薬込役たちが、次々と報告した。

「瀬能の屋敷は、当主が江戸詰だということもあるのか、ひっそりとしていた。塀の上から確かめたが、人はほとんど見えぬ」

「門番はどうだ」

野尻の語りに薬込役の一人が問うた。

「上から覗いたが、初老の足軽が一人」

「遣えそうか」

「いや、まったくだめだろう」

武芸の腕を確認した薬込役に野尻が首を左右に振った。

「笊《ざる》だな」

薬込役が小さく嗤った。

「姫の警固もなしか」

「それらしい気配はなかった」

「本多も婚家に遠慮したか、あるいはそれだけの人数を抱えるだけの余力が瀕能にないか」

「後者だろうよ」

薬込役の推測を野尻も認めた。

「これならば、問題はなかろう。焦らなければ、しくじりようもない。いつものように周囲に気を配り、己の役目を果たす。それだけのことだ」

一同に野尻が油断だけはするなと注意を喚起した。

「やるぞ」

野尻が手を振った。

第四章　本多の怒り

一

瀬能の屋敷は千石という石高に加え、珠姫の御霊屋番《みたまやばん》という実権はないが名誉はあるという代々のお役目もあって、敷地だけで千坪をこえる。

経歴のせいも影響し、どうしても藩内で浮いていた瀬能家は他との付き合いがあまりないため、他にすることがないと当主たちが趣味に走った結果、屋敷の庭には茶室、泉水《せんすい》、築山《つきやま》などがあり、忍びこんでしまえば隠れる場所には困らなかった。

「…………」

野尻たちは、築山の陰、庭木の根元に潜んで屋敷のなかを窺っていた。

「いたぞ」

野尻が声を出さず指の動きで、薬込役たちに合図を送った。

「たしかに若い娘だ。だが、まだお歯黒《はぐろ》をしておらぬぞ」

音もなく近づいてきた薬込役が違うだろうと首を左右に振った。

「婚姻をなしたばかりだろう。子を産むまで鉄漿《かね》を付けないという地方もある」

女は嫁にいくと髪型を変え、眉を剃り、歯にお歯黒をする。いつからこういった風習になったかはわかっていないが、ほとんどの人妻はこうする。見ただけで娘か人妻かがわかるからだという説もあるが、それでもいつからそうするかは地方によって違った。

「ありえるな」

「それにさきほどの行商人も、本多家の姫が輿入れしたとは知らなかったであろう。つまりはまだ表沙汰にはしていない。それがお歯黒をしているとなれば、野合《やごう》扱いされかねぬ。正式な婚礼が終わるまで娘の振りをさせているのではないか」

野合とは、男女が互いに好いただけで一緒に住み始めることをいい、まともな武家ではまずあり得なかった。男女どちらもふしだらと非難され、友人づきあいはもとより、親戚からも縁を切られた。

「なるほど野合か。それは恥になる。とても筆頭宿老の家柄では耐えられまい」

違うだろうといっていた薬込役が納得した。

「……他に若い女は女中だけのようだ」

屋敷へ忍びこんでいた薬込役が報告に来た。

娘と女中では、身なりが違う。着ているものから、髪型まで大きな差があり、一目で判断できた。

「よし」

野尻がうなずいた。

「守永《もりなが》、迫田を連れてきてくれ。馬をそこの辻角に用意するよう」

「承知」

守永と言われた薬込役がすっと離れていった。

「須佐美」

「おう」

女薬込役が応じた。

「馬の用意ができたら、琴を攫え。声を出させるな。すぐに当て身を喰らわせろ。猿《さる》轡《ぐつわ》を噛ますことも忘れるな」

「任せてもらおう」

須佐美が首肯した。

「野尻、表門をどうする」

別の薬込役が表門を開けて逃げ出すかと問うた。

「跳べるか」

野尻が須佐美に女を抱えたままで塀をこえられるかと確認した。

「できぬとは言えぬが、手伝いが欲しい」

「姫に我らが触ることはできぬ」

須佐美の要求に野尻が苦い顔をした。

「我らが黙っておればすむことだろう」

表門のことを訊いてきた薬込役がささやいた。

「殿のお閨《ねや》で姫に尻を触られたとでも言われてみろ、我らは終わるぞ」

「…………」

野尻に言われて薬込役が黙った。

「あの本多の娘ぞ。やられた以上にやり返される。少なくとも攫った我らを許すはずはない」

「人形のようであったと水野は申していたが」

嫁ぎ先で琴は妻として扱われていなかった。それに琴はあきれ、妻でないならば人形でよかろうと痛烈な皮肉を水野に喰らわせていた。

「もし、人形ならば、殿が欲しがられるはずはなかろう。そのていどでよければ、いくらでも手に入る。なにより、見た目だけで姫を気に入られていたならば、水野から献上させたであろう」

野尻が首を横に振った。

徳川光貞は、女癖が悪かった。気に入っていようがいまいが、欲情したならばその辺の女に手を出す。

とくに浴室での振る舞いはひどい。当たり前ながら、浴室では裸になる。湯屋番という身分の低い女は裸体をさらすのは失礼と薄い帷子《かたびら》を一枚纏っているが、そんなもの濡れれば無いも同然、乳首も陰部も透けて見える。

それを徳川光貞が我慢できるわけもなく、その場で押し倒す。

「捨ておけ」

気に入って手を出したわけではなく、欲望を発散すれば湯屋番のことなどすっかり忘れてしまう。

その後始末も薬込役の仕事であった。

「美形だからといって、今更心を動かされるはずはない。姫には、それ以上の価値があると考えねばならぬ」

「それ以上の価値……本多の名前か」

野尻の言葉に薬込役が難しい顔をした。

「本多は上様のお気に入りになったというではないか。その本多と縁を結んで損はあるまい」

「そのていどのことで殿が加賀まで人を攫いに我らを出すか」

薬込役が疑念を口にした。

「出されまい。おそらく本多を使って、南龍公が受けられた疑いを晴らしたいとお考えなのでは」

野尻が認めた。

「となれば、失敗は許されぬぞ」

須佐美が口を挟んだ。

「表門を開けてもらえれば、わたくし一人で姫をお連れできまする。しかし、塀をこえてとなると、女二人でとなればできないとは申しませぬが、かなり手間取りましょう」

「むうう」

野尻が苦悩した。

「速さを取るか、安全を取るか。表門を開けるには門番をどうにかせねばならぬし、なにより当主のいない屋敷の門が開くというのは目立つ。すぐに掠め取りはばれる」

「馬を使っても追われれば、姫さまを連れているだけに、逃げ切れぬ」

「我らが身を捨てて足止めしても」

「余計目立つぞ」

野尻が首を左右に振った。

「ばれなくとも、そう長い間はごまかせぬぞ。なにせ人が一人いなくなるのだ」

早いか遅いかの差でしかないと薬込役が思い切るべきだと言った。

「だが、逃げていく場を見られていなければ、どちらへ向かったかを知られずともすむ。追っ手を分けることができれば、少しでも手薄になる。数が少なければ、突破も容易であろう」

「たしかにそれはあるな」

薬込役が納得しかけた。

「我らの役目は、姫を無事に和歌山へ連れ去ることだ」

野尻が慎重であるべきだと告げた。

「やって見せましょう」

須佐美が決意を見せた。

「……待たせた」

そこへ迫田を連れにいった守永が戻ってきた。

「よし、やるぞ」

「ああ」

決断した野尻に、一同が首肯した。

数馬の妹美津は、屋敷に籠《こ》もる日々に倦《う》んでいた。

とにかく美津が所用で出歩くと、声をかけてくる者が増えたので出歩けなくなったのだ。

「少しお話をいたしたい」

「吾が家の紅葉《もみじ》が美しゅうござる。是非お見えを」

「……のようなことがございました」

母の須磨《すま》にそのことを話すと、

「皆、本多さまへの繋がりが欲しいお方。決して付いていってはなりませぬぞ」

須磨が美津を戒め、

「あまり出歩かぬように」

父からも釘を刺された美津は、屋敷のなかで縫いものの修業をしたり、母から茶道、華道を習ったりしていた。

「お義姉《ねえ》さまも今日はお見えではございませぬ」

そんな美津の楽しみは、兄嫁になる琴との会話であった。

一度嫁した琴は、男女のことにも詳しく、いろいろな話で美津を楽しませてくれる。

「兄上には過ぎたお方」

美しく、所作も見事な琴に美津は憧れていた。

「嫁ぐならば、台所のことはできずとも、夫となるお方が身につけられるものくらいは自らでしつらえたいと思いませぬか」

「思いまする」

「生まれてくる赤子に着せるものは、母として手作りをいたしたいでしょう」

「はい」

琴が来るようになって、美津は苦手だった縫いものが楽しくなった。

「早く、お義姉さまが嫁いでくだされば……」

まだ仮祝言だけに、琴は実家から瀬能まで通ってきている。

普通ならば、仮祝言をすませたことで婚家へ入るのだが、本多家の娘ともなればそうもいかなかった。

「本多と瀬能の婚礼を許す」

すでに綱紀の許可は取ってある。だが、五万石の格式がそれをさせなかった。

「きちっとした婚礼をすませてから……」

武家の婚礼は家と家のかかわりになる。本多家と瀬能家が正式に親戚となったことを世間に報せる婚礼が、なくてはならない。

とくに本多も瀬能もともに徳川家の家臣から、前田家へ転籍したという由来《ゆらい》を持つ。

「徳川に繋がる者同士が、縁を紡いだぞ」

「今まで隠していたのを表に出した。殿の将軍継承のこともあったからな。いよいよ隠密が動くのではないか」

前田家の譜代でないというのに、藩中最高の五万石を食む本多家への風当たりは強い。

「尾張のころからお仕えした我らの先祖こそ、しかるべき待遇を受けるべきである」

「百万石を見張るだけで五万石か。よい身分である」

本多家が五万石をもらうにふさわしいだけのことをしているとわかっている者もいる。藩でも家老や用人などは、政の場で本多家の当主と遣り合うだけに、軽視することはない。だが、政にかかわりのない平士以下の者たちは、そのあたりのことを知らない。

「放っておけ」

本多家はそれらを相手にしていない。

「うるさい」

「無礼者が」

相手にすると、己もそれを認めたということになる。

だが、それら本多家を非難している者は多いのだ。身分が低かろうが、数は一つの力になる。藩士たちが集まって要望を出せば、綱紀でも無下《むげ》にはできなくなる。

だからこそ、本多家は世間体を気にしなければならなかった。

「あの琴さまが、兄を奪われたくないからと仮祝言から床入りまで……」

数馬と初夜をすませた琴の姿は、誰の目から見ても幸せそうであった。

「男と女が一夜を共にするだけであれほど親しげに……」

思い出した美津が頬を染めた。

「……少し風に当たりましょう」

美津が腰をあげた。

瀬能家の庭は、初代数右衛門《かずえもん》、美津と数馬の祖父が手を入れて造りあげた自慢のものである。

季節の花が咲くことはもちろん、湧き水を利用した泉水もあり、築山には枝振りのいい松が植えられている。

美津はとくに泉水を気に入っていた。

「いい風ですこと」

かすかな松籟《しょうらい》に美津が耳を澄ませた。

「…………」

築山の陰に隠れていた野尻が、合図を出した。

二

須佐美が後ろから近づき、美津の口を塞いだ。

「……うぐっ」

美津がうめいて暴れようとした。

「……はっ」

前に回ったもう一人の女薬込役が強く美津のみぞおちを打った。

「ぐっ」

人体の急所であるみぞおちに強い衝撃を受けると、人は息ができなくなり、意識を失う。

「急げ」

屋敷のほうを見て、他人が来ないかどうかを見張っていた野尻が、撤退を指示した。

「…………」

四人の薬込役が美津を抱えた須佐美を守るように駆けた。

「早苗《さなえ》、塀の上へ」

「はい」

須佐美の指図で、もう一人の女薬込役が軽く塀の上へ跳びあがり、美津を受け取る体勢を取った。

「守永と馬を呼んでこい」

「…………」

無言で野尻の言葉にもう一人の薬込役森崎《もりさき》が応じた。

「薦を広げる前に猿轡を」

「はい」

美津を受け取った早苗がうなずいた。

「……よし、身なりを変えろ」

商人が馬を引いているのは目立つ。

すばやく薬込役たちが、着替えた。

「行くぞ」

旅をする武士の姿になった野尻が、武家娘に扮した早苗を馬に乗せた。早苗の後ろに美津を荷に見せかけて積み、迫田が馬の轡取り、守永が家士、須佐美が女中、森崎が中間になっている。

少し見たくらいでは、まったく違和を感じない。

「万一のときは、早苗と須佐美は一目散に馬を駆けさせろ。守永、そなたが二人を守れ。残った我らが足留めだ」

「わかった」

一同が振り分けられた役割にうなずいた。


美津がいなくなったことに気づいたのは女中であった。

「お嬢さま。そろそろお茶をと奥さまが……」

縫いものから茶道へと習い事を変えますよという須磨の伝言を持ってきた女中が、美津の姿がないことに気づいた。

「お庭でございますね」

長く瀬能家に仕える女中なら、美津がなにかあると庭を愛《め》でると知っている。

女中が苦笑しながら、庭に出た。

「……お姿がない。まさかお出ましに」

女中が門番のもとに向かった。

「お嬢さまはお出ましに」

「いえ、本日はどなたも出入りをなされておりませぬ」

すでに初老に達している門番が首を横に振った。

「…………」

女中が顔色を変えた。

「奥さまにお報せいたさねば……」

「美津がいなくなった」

聞いた須磨が息を呑んだ。

「お姿が……」

「まずは履きものを確かめなさい。裸足《はだし》で外へ出ることはありません」

須磨が武家の奥を預かる者としての落ち着きを見せて、指図した。

「はい」

急いで確認にいった女中が、すぐに戻ってきた。

「お嬢さまのお履きものは、すべてございまする」

「わかりました。そなた、このことは誰かに話しましたか」

「門番の田方《たかた》さまに」

「それはいたしかたありません。ただし、これ以降は誰にも話してはなりません」

「はい」

須磨に釘を刺された女中が首を何度も縦に振った。

「決して騒がぬよう」

もう一度念を押して、須磨が夫のもとへ向かった。

「……美津が攫われただと」

瀬能家先代数臣《かずおみ》が目を剝《む》いた。

「なにが目的だという……」

数臣が呆然とした。

「お届はいかがなさいますか」

異常事態に見舞われたとき、得てして女のほうが落ち着いている。

「藩庁に報せるわけにはいかぬ」

須磨の問いに数臣が首を横に振った。

「瀬能だけのことではすまぬ」

今の瀬能は難しい立場にある。

今までは珠姫さまの輿入れに付いてきた旗本出身ながら重く用いられることはなく、珠姫の死後は、代々その御霊屋を守るだけで、まさにいてもいなくてもかわらない家柄であった。

それが五代藩主綱紀を将軍継嗣として差し出すか、差し出さないかで藩が二つに割れたお家騒動に巻きこまれて以来、目立つ活躍をし出した。

藩主一門の前田備後《びんご》直作《なおなり》の江戸行きの警固として数馬が選ばれ、そしてそのまま江戸詰になり、藩の外交を担う留守居役に出世した。

その後、本多政長の娘琴と婚姻を約した。これは正式に藩庁から公布されていないが、隠すより現るで、加賀藩でも身分のある者は知っている。ただ、馬鹿のように言い触らせば、本多家からどのような報復があるかわからないので静かにしているだけであった。

とはいえ、瀬能が本多に組みこまれたとは認識されている。

「では、どうすれば」

家のためならば、娘一人を見捨てるくらいはしなければならないのが武士である。とはいえ、母として娘のことが心配になるのは当然であり、須磨が先ほどまでの毅然とした態度から、心細げなものへと変化した。

「屋敷の周りを見てくる。痕跡を探せば、少しでも手がかりを得られよう」

「では、わたくしも」

「いや、そなたには別の役目を頼みたい」

一緒に探すと言った須磨を数臣が制した。

「なにをせよと」

「本多さまのお屋敷へ、行ってくれ。ことを報せる」

「よろしいのですか」

嫁入り前の娘が拐《かどわ》かされた。これは純潔を疑われても仕方ないことであり、無事に帰ってきても傷物扱いとなる。それを防ぐため、こういったときは、密かに家の者だけで探すのが慣例であった。

「力ずくで連れ去られたわけではない。それならば、誰かが美津の声を聞いている。それもなしに拐かした。はっきりいって、数馬と石動が江戸に出ている今、屋敷に残っている者だけでは……」

最後まで言わず、数臣がうなだれた。

「旦那さま」

須磨が悲愴な顔をした。

「生きて取り戻すには、本多さまのお力を借りるしかないのだ」

やはり泣きそうに顔をゆがめながら、数臣が告げた。


どれだけ気が焦ろうとも、走るわけにはいかない。普段のように歩みながら、女中を供に連れた須磨は本多家へと足を進めた。


「……お義母《かあ》さまが」

自室で花を活けていた琴が、須磨の来訪に首をかしげた。

いかに実家は格上とはいえども琴は瀬能家の嫁、姑《しゅうとめ》に足を運ばせることは今までしてこなかった。

「こちらへお通しを」

夏に命じて、琴は下座へと席を移した。

「琴どの」

嫁の顔を見た須磨が部屋に入るなり崩れ落ちた。

「お義母さま」

急いで琴が須磨に近づいて、身体を支えた。

「なにがございました」

「美津が、美津が……」

琴を見たことでようやく涙を流せた須磨が話した。

「夏、聞きましたね」

「はっ」

琴の低い声に夏が震えた。

「すべての軒猿を集めなさい。決して領内から出させるな」

日頃の穏やかさを琴がかなぐり捨てた。

「兄をここへ」

敬称を素っ飛ばして、琴が別の女中に命じた。

「はいっ」

すぐに夏たちが出ていった。

「……どうした」

本多主殿が妹の呼び出しに、駆けつけてきた。

「……かく言う次第でございまする」

琴が須磨に代わって説明した。

「なんだとっ」

さっと本多主殿の表情が抜け落ちた。

「どちらへ向かったとお考えに」

「西だ。江戸には父と刑部がいる。紀州家の屋敷でも安心できまい」

問うた琴に本多主殿が告げた。

「わたくしもそう思いまする」

「急がねばならぬ。国境をこえて越前領へ入られれば、面倒になる」

越前松平家は、数馬と琴によって手痛い目に遭っている。その妹が攫われて藩内に逃げこんで来たと知ると、これ幸いと動き出すだろう。

もし越前藩が美津を救い出したならば、藩主松平左近衛権少将《さこんえのごんしょうしょう》綱昌《つなまさ》の詫び状との交換くらいは言い出してくる。

なんとか抑えこんだ越前松平家を解き放つことになる。いや、それどころか、今までの恨みとばかりに、加賀の前田家のあらぬことを幕府へ吹きこむかも知れないのだ。

そして、そのあらぬことを利用して、本多家を潰したいと考えている者が、老中大久保加賀守が幕府にはいる。

「軒猿をお借りします」

お貸しいただきたく、とは言わず、琴が強引に話を付けた。

「好きに遣え」

本多主殿が認めた。

「余は登城する」

「お願いいたしまする。美津さまの未来《さき》をよしなにと殿に」

綱紀へ報せてくると言った本多主殿に、琴が伝言を預けた。

「任せよ」

静かに本多主殿が首肯した。

「琴どの」

「お義母さま、大事ございませぬ。本多がその名前に誓って、美津さまを取り戻して見せまする」

どういう手配になったのか、わかっていない須磨に、琴が微笑んだ。

筆頭宿老を代行している本多主殿の登城は、止められることはない。

「どうした。爺からなにか言ってきたか」

政務を終えて、城中の修練場で弓の稽古《けいこ》をしていた綱紀が、片肌を脱いだままで本多主殿の前に現れた。

「他人払《ひとばら》いをお願いいたしまする」

「ああ。遠慮せい」

本多主殿の求めを綱紀が認めた。

「……これでよいな」

「畏れ入りまする」

どれだけ気が急いていても、主君への礼儀は欠いてはならない。

深く本多主殿が頭をさげた。

「表情がないな。そなたをそこまで怒らせることがあったというのだな」

綱紀が気付いた。

「瀬能の妹が攫われましてございまする」

「なにっ」

さすがの綱紀も驚いた。

「さきほど瀬能の母が琴のもとに参りまして……」

経緯を省くことなく、本多主殿が述べた。

「馬鹿が……」

聞き終わった綱紀が吐き捨てた。

「琴が怒っておりまする」

「わかっておるわ。己の代わりに瀬能の妹は攫われたのだぞ。琴がだまっているはずはない」

「久しぶりに、琴が感情を消しましてございまする」

「紀州から帰されて以来だな。はあ」

本多主殿に知らされた綱紀が嘆息した。

「わかっているのだろう」

「はい。先日父より参りました書状に書いてございました。紀州水野家から、琴を妻に欲しいと」

「江戸屋敷からこっちにも報告は来た」

精一杯、綱紀がため息を吐いた。

江戸と金沢の間に足の速い足軽を宿場ごとに常駐させ、交代で走らせる足軽継《あしがるつぎ》という連絡手段があり、これを使えば昼夜二日で書状の遣り取りができた。

「本多をどうすれば、甘く見られるのだ」

綱紀があきれた。

「関所を閉じるか」

早馬を出せば、確実に人質を抱えている連中よりも早く関所に着く。

「いえ。それではことが表沙汰になりかねませぬ」

本多の力だけで片付けると本多主殿が断った。

「江戸の爺には報せるぞ」

「お願いをいたしまする。今は江戸へ走らせる軒猿も惜しいので、助かりまする。では、下がらせていただきまする」

足軽継を出すと言った綱紀に、本多主殿が礼を口にして、御座の間から去っていった。

「本気になった爺が江戸でよかったわ」

残った綱紀が独りごちた。

三

緊迫した本多屋敷の裏門に、野尻から話しかけられた行商人が訪れた。

「御免くださいまし」

「どうしたこんな刻限に」

本多屋敷では一部の軒猿が門番足軽をしていた。これは外部から屋敷を窺う者を見つけやすくするとともに、万一のとき、すばやく門を閉じるあるいは、迎撃に移るなどの対応が取れるからであった。門番足軽こそ、本多家最初の防壁といえた。

騒動を外にもらしてはならないと、いつものように門番足軽が応対した。

「いつもお世話になっております。少しばかり耳にいたしましたのでございまするが、こちらさまのお姫さまが、お嫁入りなさると……」

「……たしかにそうではあるが」

行商人の言葉に、一瞬だけ門番足軽に扮した軒猿が反応したが、すぐにもとに戻った。

「どこで、その話を」

「他所《よそ》から来たとかいう商人がお祝いを届けたいので、瀬能さまのお屋敷はどこにあるかと訊いて参りまして」

「瀬能さまのお屋敷を。なるほど」

行商人を緊張させないように、門番足軽が話を引き出した。

「他所ということは富山《とやま》か、大聖寺かの」

瀬能家は金沢で浮いている。さらに商人に何かしらの便宜《べんぎ》を図れる勘定方ではない。とても遠くから祝いを届けに来るような付き合いがあるとはおもえなかった。

「わずかに上方の癖が言葉にあったようでございました」

「上方……遠いところからじゃの」

門番足軽が続けた。

「一人だったか」

「商人と申した者は二人組でございましたが、なにやら聞き耳を立てているような男女が近くにおりました」

「よく気付いたの」

行商人の言葉に門番足軽が感心して見せた。

「その場商いでございますので、少しでも興味を示してくださっているお客さまを見逃すわけには参りません」

商売人としての心構えだと行商人が胸を張った。

「いやいや、見事なものよ。その商人の顔は覚えておるか」

「もちろんでございまする。お客さまのお顔を忘れるようでは、商いで生きていけませぬ」

「よしよし。少し待っておれ。おい、矢頭《やとう》どのを」

門番足軽が同僚に絵のうまい家士を呼びにいかせた。

「あの、なにか、ご無礼なまねでも」

行商人が門番足軽の対応に怖れを抱いた。

「いやいや。手間を取らせるが、しっかりその分は見てくれよう。そうよな、姫さまのご婚礼にかかわるものを一つ、おぬしに預けるでどうじゃ」

「一つを」

行商人が身を乗り出した。

「さすがに箪笥《たんす》、長持《ながもち》や小袖《こそで》などは決まった職人がおるゆえ、無理だがな。酒か菓子か、そのあたりになるが」

「か、菓子をお願いしても」

「用人さまにおぬしの名前を伝えておこう。菓子といっても婚礼で瀬能さまに持ちこむものや他家へお配りするものというわけにはいかぬが、我らが拝領する菓子ならば問題はない」

「おいくつくらいになりましょう」

「小者、女中まで入れると千ではきかぬなあ」

「せ、千……」

行商人が膨大な数に息を呑んだ。

「一つ五文儲けたとして、婚礼じゃでな、一個では縁起が悪い。夫と妻、それに生まれてくるだろう子供を期待して、一人宛三つは頂戴できる。一万五千文だな」

「一度の商いで……」

せいぜい一日に二百文も儲けられればいい行商人にとって、一万文をこえる儲けは大きい。

「その代わり、しっかりと思い出してくれよ」

顔で笑いながらも目だけは冷静な門番足軽が、行商人を逃がさないよう手を引いて、門のなかへ連れこんだ。

馬の後ろに薦包みは違和が強いと、途中で長持を盗み出し、そちらに美津を移した薬込役一行は、本多家が動き出す前に城下を脱していた。

「沢瀉《おもだか》の紋はどこにでもある。いいものが手に入った」

野尻が、長持の腹に描かれた紋所を見ながら、満足そうにうなずいた。

「おぬしはよい。こっちはより厳しくなったわ」

小者に化けた迫田と守永が長持を担がなければならなくなったことに文句を言っ

た。

　長持もそれなりに重いが、なかに入っているのが衣服や夜具《やぐ》、蚊帳《かや》などではなく、軽いとはいえ女一人なのだ。どれだけ少なく見積もっても、美津と長持で十貫（約四十キログラム）はこえる。

「お役目じゃ、辛抱せい」

　野尻が愚痴をこぼす二人を叱った。

　長持を手に入れたところで衣装も変えた。旅の武家から、荷を届ける武家へと形を変えた一行は、野尻が差配の武士、迫田と守永が荷運びの小者、須佐美が女中となり、若い早苗は普通の町娘姿で、検めの役人などが出ていないかどうかを探るために五丁（約五百五十メートル）ほど先行させている。森崎はそれより先行させ、和歌山へ報告に向かわせた。

「もうすぐ大聖寺藩に入るぞ」

　野尻が苦情を封じた。

　大聖寺藩は加賀前田家の分家になる。加賀藩三代当主利常《としつね》が、家督を嫡男光高《みつたか》に譲るとき、次男の利次《としつぐ》、三男利治《としはる》を分家させた。この三男利治が、大聖寺藩七万石の初代であった。七万石という大領を分けることが許されたのは、利治が光高、利次と同じく、二代将軍秀忠の娘珠姫を母としたからであった。

「徳川家の血を引く者に一万石や二万石は認められぬ」

暗に幕府から、指示されたに近い。というか、珠姫の子を二人も分家させたのは、加賀藩本家の石高を削るという意味合いと、万一本家に血筋が絶えても、徳川の血を引く分家に跡を継がせろという強要でもあった。

大聖寺藩は、ほとんど幕府の意向で成立したが、それでも領地は本家から分けてもらったもので、幕府からは一石も出ていない。つまり、本家へ気遣いをしなければならず、当然、加賀藩との間に関所などは設けられていなかった。

「早苗から報せはないようだな」

ちらと前を行く早苗の様子を野尻が確認した。

「後ろも大事ございませぬ」

最後尾を歩いている須佐美が、付け加えた。

「九頭竜《くずりゅう》川をこえるのは、明日になるか」

野尻が呟いた。

「夜旅はかけられぬ」

うんざりとした口調で迫田が言った。

「荷運びを装っているからな。夜旅はまずい」

守永も同意した。

街道はかなり整備されている。しかし、ところどころに石は出ているし、穴もある。ところによっては夜盗が出ることもある。そんな夜の街道を荷物を抱えて旅する者はいない。逆に目立ってしまう。

「早く加賀から抜けたいのだが……」

「姫さまを糞尿まみれになさるおつもりで」

渋い顔をする野尻に、須佐美も注意した。

「……宿を取るにしても、姫をどうするというのだ」

騒がれては困るぞと野尻が懸念を表した。

「そこは一室をご用意いただければ、わたくしと早苗でいたしまする」

男は口を出すなと須佐美が野尻を押さえた。

「……わかった。では、適当なところで宿を取る」

野尻が折れた。

「早苗を呼び返しましょう」

須佐美が提案した。

「物見なしになるぞ」

行き当たりばったりになりかねないと野尻が嫌がった。

「いえ、せっかく道具立てが揃いましたので、婚礼に擬してはいかがかと」

首を横に振りながら須佐美が述べた。

「婚礼か……」

下級武士の娘が他藩へ嫁ぐことはさほど多くはない。だが、親戚筋あるいは知己のかかわりなどで婚姻をなすことは別段不思議ではなかった。

これが千石をこえる大身《たいしん》となれば、駕籠に乗せた娘と嫁入り道具をちょっとした行列にしたての輿入れとなるが、下級武士だと馬に娘を乗せ長持がいくつかと少ない。まさに今の状況にうってつけであった。

「早苗を嫁入りの娘とし、拙者は付き添いの仲人役、そなたが女中で、迫田たちは小者か。ふむ。それならば旅籠《はたご》でも怪しまれまい」

下手な荷運びよりは婚礼のほうが疑われない。婚礼だと長持の中身は決まっているからだ。

「よし、早苗に合図を」

野尻が須佐美の案を受け入れた。

行商人から聞いて描かれた絵によって野尻たちの人相を脳裏に刻んで、軒猿たちが屋敷を出た。

「念のために江戸へも人を出します。なにもなくともそのまま江戸へ向かい、父の差配に従いなさい」

西へ逃げたと確信しているが、裏をかくのが策謀である。琴の指図で女軒猿一人と男二人が江戸へ走った。

「生かして捕まえずともよい。殿のご承諾はいただいている。本多に、加賀に手出しをした者を逃がすな」

本多主殿が西へ向かう軒猿たちを鼓舞《こぶ》した。

「行きなさい」

琴が軒猿たちに命じた。

「すまぬな」

軒猿たちが出ていった後、本多主殿が妹に詫びた。

「永原主税の始末、少し遅らせるべきであった」

長家の独立を企んだ永原主税と、本多主殿はつい先日争ったばかりであった。永原主税は、長家が抱えていた歩き巫女という女忍を遣い、それに対抗するため本多主殿は軒猿衆を出した。

戦いは金沢城下という地の利と綱紀の援護を受けた本多主殿が勝ったが、そのときの戦いで少なくない軒猿衆が死傷していた。

「いえ、兄上さまにお詫びいただくことではございませぬ。わたくしが紀州を去るときに、あの男どもを放置したのがよろしくございませんでした。あのとき、あやつらを二度と女を抱けぬ身体にしておけば……」

琴が後悔を見せた。

「今からでも遅くはございませぬ。美津さまを取り戻したならば、夏か紅葉かを紀州に向かわせて……」

口の端を吊り上げながら琴が呟くように言った。

「そのような面倒はせずともよいわ」

「兄上さま、では、見逃せと……」

制止した本多主殿を表情を消した琴が見上げた。

「その顔を止めろ。瀬能が見たら引くぞ」

本多主殿がため息を吐いた。

「旦那さまに裏など見せませぬ。それが女のたしなみ」

わざとらしい笑みを琴が浮かべた。

「嘘くさい笑みは余計に怖いわ」

頬を引きつらせながら、本多主殿が続けた。

「父が始末をつけてくださる」

「紀州藩を潰さなければよろしいですね」

本多政長に任せておけばいいと言った兄に、琴がうなずいた。


「美津さまを抱えての移動だ。さほど遠くにはいけまい」

今回の指揮を執るように言われた男軒猿が、他人目に付かないよう林のなかを進みながら、配下たちに告げた。

「馬で駆け抜けるということはないか」

従っている軒猿が訊いた。

金沢から九頭竜川までは十七里（約六十八キロメートル）ほどで、馬を走らせれば二刻（約四時間）ほどで行ける。

「ないとは言えぬが、馬だと街道を行くしかない」

馬は足が速い代わり悪路に弱い。ちょっとした段差、木の根に引っかかるだけで簡単に足を折る。

「なにより目立つ。途中で訊いてみるだけでいつ通ったか、どちらへ向かったかわかる」

頭分の軒猿が否定した。

「なんでもよい、見逃さぬように目を走らせよ」

ものが動けばなにかしらの痕跡が残る。馬なら走る音、馬糞《ばふん》、足形など、人なら、話し声、休息した茶屋の親爺《おやじ》の記憶など、消そうと思えば消せるものばかりだが、それに手間取られては、本末転倒の結果になる。

「こういった武家の姿を見なかったか」

「馬を連れた一行が通らなかったか」

街道に面した百姓家や茶屋に訊けばすむ。

「走る馬は見ませんでしたが、馬を連れた一行は見ました」

「馬と長持は通りましたよ」

こういった反応が返っている。

「どれくらい前だ」

「そろそろ一刻半（約三時間）にはなるかと」

訊かれた茶屋の主が答えた。

「一人走れ。関所まで先行し、馬を連れた武家の一行が通ったかどうかを確認せよ」

「おう」

足の速い軒猿が、頭分の指示に応じて走った。

「我らも追うぞ」

残った者たちも駆けだした。

四

旅人は多くとも、馬に乗った者は少ない。問屋場《といやば》の馬を借りる者はいても、自前で馬を持っている者はそうそういないのだ。

馬というのは金がかかる。人の数倍喰い、手間もかかる。それを旅に使うのは、かなりの贅沢《ぜいたく》になった。

「本多家の者でござる。お伺いいたしたきことが……」

「本日は見ておらぬ」

先行した軒猿に、関所番は馬に乗った旅人が加賀から越前へと抜けてはいないと答えた。

「もし、そのような者が通りましたら、本多の名前でお留めいただきますよう」

責任は筆頭宿老本多家で負うと軒猿は伝えて、とって返した。

「……会わなかったな」

大聖寺は城持ちではなく、陣屋大名になる。いかに秀忠の孫でも一国一城の定めをゆがめるわけにいかなかったというのと、城を造るだけの金を前田家は出せなかった。城下町ではないため、大聖寺の規模は七万石としては小さい。

行き違うことなく、軒猿たちは落ち合った。

「となると……やはりここにいるな」

「美津さまを連れているのだ。無理はできまい。人は水を与えられなければ、そうは保《も》たぬ」

軒猿たちが確信を持った。

「相手は気づかれず、美津さまを攫うほどのものだ。十分に気をつけて動け」

頭分の注意にうなずいて、軒猿たちが宿場町へ散った。

「婚礼ゆえ、あまり騒がしいのは困る。お嬢さまがお休みになれぬのでは困るのでな。あと、荷物があるゆえ、一階で頼む。それと三部屋用意してくれるように」

差配役として野尻が、旅籠と交渉した。

「男の一部屋は二階がよい」

野尻が条件を付け加えた。

武家では身分が厳しく定められている。部屋に余裕がないときは別だが、旅中で経費を節約したいからといって、小者と同室はまずかった。

「二階は上の間でございまして」

どこの旅籠でも、外を見下ろせる二階の部屋は高級になる。

「ならば、吾がそこを遣おう」

野尻が告げた。

「合図は指笛だ。一度目は、追っ手らしき者がいたとき、二度目は脱出だ」

二階を選んだのは見張りをするためであった。

「承知」

迫田も守永も文句を言わなかった。

一人で二階の部屋というのは贅沢だが、徹夜での見張りをしなければならない。その点、二人部屋になる小者扱いの二人は、交代になるとはいえ、休むことができた。

「明日の朝のうちには九頭竜川をこえるぞ」

「わかっておる」

越前松平家の領内に入れば、加賀藩前田家は表だった行動を取れなくなる。野尻の予定に迫田が首肯した。

男たちが警固の話をしている間に、須佐美と早苗は長持を開け、美津を抱えあげた。

「水を」

「…………」

須佐美の指示で早苗が細い竹筒を猿轡にあてがい、水を静かにしみこませた。

「……うっ」

すでに美津は意識を取り戻していたが、両手を後ろ手に、両足を膝のところで縛られているため、身をよじらせ、うめき声をあげるのが精一杯であった。

「琴姫さま、あと三日のご辛抱を願いまする」

「…………」

須佐美の言葉に美津が大きく目を開いた。

「では、御免をくださいませ」

うめくことさえしなくなった美津を見て、あきらめたと思った須佐美が長持の蓋を閉じた。

「須佐美どの。お出しせずともよろしいのか」

長持のなかでは、足も伸ばせない。辛すぎるのではないかと早苗が気遣った。

「お出しして、あの縛られた姿を宿の者にでも見られればどうします。宿の者を殺さなければならなくなりましょう。それは面倒を抱えることになります」

須佐美が首を横に振った。

「…………」

「情を移してはいけません。今回の任が終われば、わたくしどもは二度と姫さまとお目にかかることはありませぬ。わたくしたちの役目は、無事にお連れすること。それ以上はかかわりないと肝に銘じなさい」

まだ納得していない早苗に、須佐美が諭した。

「さあ、先に休みなさい。二刻すれば交代です」

「はい」

言われた早苗が夜具にくるまった。

馬というのは大きい。軒猿たちは厩を持たない小さな宿ではなく、大聖寺でも名の知れた旅籠に的を絞った。

「本陣、脇本陣は使えない」

加賀藩がまれに参勤交代で大聖寺を通過することもあるため、本陣も脇本陣もあるが、ここは空いているからといって、飛び込みで宿泊できるものではなかった。

「某《なにがし》どのの紹介で」

大名や藩の重職が泊まることもある。身元も知れぬ者を泊めて、妙な細工を宿にされては困る。

また、宿帳などもうるさいうえに、町奉行所との連絡も密に取る。

逃げる者としては本陣、脇本陣は避けるべきであった。

「…………」

のんびりと散策を楽しむ大聖寺藩の家臣、荷物を担いだ商家の番頭、仕事を終えて家へ帰る職人などに化けた軒猿が、さりげない様子で旅籠を探った。

「……馬糞」

背中の荷物が重いので前屈みになっている商人をまねていた軒猿が、足下に落ちている馬糞に気づいた。

秣《まぐさ》をよく喰う馬は、それこそそのべつまくなしに糞を落とした。江戸には、それを片付けるための役人がいるほどである。

もちろん、大聖寺藩にも騎乗身分の武士は相応の数はいる。街道に馬糞が落ちていても不思議ではなかった。

「拾う者がいない」

馬糞から顔を背けるようにしながら軒猿が呟いた。

騎乗身分ともなると、馬が変な行動に出ないように轡を押さえる者と、後ろについて馬糞を拾う者の二人、小者が付いた。

二人の小者を雇う余裕がなければ、とても馬を飼うことはできない。馬糞を拾うのも武士の心得とされていた。

また、馬が走れば小者も付いていかねばならず、馬糞を放置することになるが、宿場や城下では、よほどの事情がない限り、馬を走らせることは禁止されている。

つまり、馬糞が落ちているということは拾う余裕がないとの証明であった。

「旅の武家は拾わぬ」

軒猿が独りごちた。

旅で馬を使うときは、どうしても拾っている余裕がなくなる。それに旅の恥はかきすてではないが、それをしなくても誰も顔を知らない。これが城下で家臣がやったとなれば、評判は悪くなるうえ、下手をすれば藩庁へ苦情が出かねない。

馬糞は踏めばわらじにしみこんで、使いものにならなくなる。乾けば風で舞って、人が吸いこんだり、洗濯ものを汚したりする。

それを防ぐために、やむをえず街道に面した家や店が馬糞を始末している。

「この先にあるのは、安井屋次郎右衛門《やすいやじろうえもん》か」

軒猿は、そのまま旅籠安井屋次郎右衛門へ向かわず、近くの辻で曲がった。

「見張りがいるはず」

軒猿は気づかれるおそれを嫌った。

「夏どのに」

街道から見えなくなったところで、荷を放り出した軒猿が風のように走った。

番頭に扮した軒猿の報せは、暗くなる前に夏のもとへ届けられた。

「かたじけなく存じまする」

同じ軒猿ではあるが、男の軒猿は本多政長、女の軒猿は琴が現状差配している。夏は深々と頭を下げた。

「これで姫さまのご心労がなくなりまする」

　夏が安堵した。

「婚礼を装うとはなかなかの案でしたが、祝いごとは記憶に残りやすい。女二人に男三人。女二人は拘束されておらず、美津さまのお姿はなし。おそらく小者二人が担いでいる長持のなか」

　途中で夏たちは薬込役たちの様子を調べてきていた。

「まったく美津さまを狭いところに閉じこめるなど……」

　何度か琴の供をして瀬能家を訪れている夏は美津と面識がある。その扱いの悪さに夏が憤怒《ふんぬ》で震えた。

「我らをお遣いあれ」

　軒猿の頭分が指揮を委ねると、怒る夏に申し出た。

「……お手をお借りいたしまする」

　一つ大きく息を吸って落ち着きを取り戻した夏が受けた。

「では、わたくしと紅葉で、美津さまを」

「承知」

女の軒猿の紅葉が首肯した。

「その他のお方は、見張りとそのほかの者を」

「任せてくれ」

頭分の軒猿がうなずいた。

「生かしたまま捕まえずともよいと主殿さまより承っておるが、そちらは」

「同じく」

夏が首を縦に振った。

「女二人に男三人であったの」

「はい」

「であれば女は美津さまの見張りと世話。男が交代で追っ手の見張りと守りか」

「おそらく」

頭分の軒猿と夏で話が進められた。

「こちらは男が四人、女が二人。少し厳しいか」

難しい顔を頭分の軒猿がした。

「増援を求むと伝令を出すか」

「それはよろしくなかろうかと」

頭分の軒猿の提案に夏が首を左右に振った。

「もし、美津さまが琴姫さまではないと露見した場合……」

「ただちに殺されるな」

琴以外は無駄手間になる。すでに瀬能と本多では騒ぎになっているため、あらためて琴姫を攫いに戻るというわけにはいかない。任は失敗となるのだ。その怒りが美津に向かうことはまちがいなかった。

「急がねばならぬな」

「はい」

男女の軒猿が顔を見合わせて首を縦に振った。

「となると……直接討ちこむが最適か」

「わたくしどもが先陣仕りまする」

「かまわぬが、美津さまの居場所はわかっているのか」

告げた夏に頭分の軒猿が問うた。

「いかに軽いとはいえ、人一人入れた長持を二階へ上げることはいたしますまい。重そうにしていれば、宿の者に怪しまれまするし、もし、夜中に逃げ出すにしても手間取りまする。おそらくは一階の奥、勝手口に出やすい座敷でしょう」

ゆっくり探る間はないし、もし見つかれば美津を人質に取られかねない。夏が賭《かけ》に出ると宣した。

「となると男は二手だな。街道を見下ろせる二階と一階にいるだろう女どもの警固」

「おそらく」

二人の認識が一致した。

「我らは二手に分かれる。玄蕃《げんば》と神谷《かみや》は二階へ。下へ降ろすな」

「承知」

背中を襲わせるなと頭分の軒猿が二人の軒猿に二階の敵の足留めを命じた。

「吾と井筒《いづつ》は、下の階だ。夏どのと紅葉どのを美津さまのもとへ行かせるぞ」

「おう」

井筒と呼ばれた軒猿が応諾した。

「ということでな、指図をと申しておきながらなんだが、我らに先陣を譲ってもらいたい」

「お礼を」

盾になると言った頭分の軒猿に、夏が頭をさげた。

「よし、皆、武具を確かめよ」

頭分の軒猿が、用意をと促した。

「……問題なし」

「いける」

すばやく道具立てを確認した軒猿たちが答えた。

「では……」

頭分の軒猿が、夏を見た。

「行け」

夏が一度振りあげた手を勢いよく落とした。

すでに夕餉《ゆうげ》はすんだ。さすがに風呂には入らない。一人でも欠けている間に攻めこまれては勝ち目がなくなる。

野尻は部屋の灯りを消してから、窓を少しだけ開けた。灯りを消したのは、目が明るさに慣れていると、暗いところのものを見落としかねないのと、隙間から光が外に漏れ、そこから見張っていると気づかれるからであった。

「……来るはずだ」

野尻は、本多家の実力を侮ってはいなかった。

「江戸へどのくらいの戦力を割けたか……」

二手に追っ手が割れてくれれば、かなり楽になる。

「本多家には軒猿という忍がいると先代南龍公さまが仰せであった」

徳川頼宣にかわいがられた本多政長は、軒猿を直江家から預かった経緯などを語っていた。

「合わせて二十人ほどを江戸、金沢に置いているとそのおりに話したと聞いている。となれば金沢には多くて十五人。その半分を江戸へ割いてくれたならば……こっちには多くて八人。もちろん、本多屋敷の守りも外せまい。こっちに来るのはせいぜい五人。勝てぬ数字ではない」

野尻が頭のなかで計算した。

「甘い考えかも知れぬが、負けは許されぬ。勝つにはまずは敵を先に見つけねばまずい」

用意ができているかどうかは、大きな差になる。不意討ちを喰らえば、どれほどの達人でも押しこまれてしまう。かつて桶狭間《おけはざま》で優勢だった今川《いまがわ》が織田に敗れたのも、不意討ちされたからであった。

「影は……」

一度まぶたを閉じて、固くなった目の筋を緩めた野尻が、目を開けて外を見直した。

「……来たっ」

暗くなった街道を走ってくる一団を野尻は見つけた。

「笛を……」

野尻が吹いた笛は、しっかりと迫田たちに届いていた。

「来るぞ」

「おう」

寝ていた守永が跳ね起きた。

「須佐美、早苗。入るぞ」

二人は急いで女部屋へ駆けこんだ。

そこへ二度目の笛が聞こえた。

「逃げるぞ」

「先行を」

早苗が宿の勝手口から飛び出そうとした。

「どこへ行く」

すでに待ち構えていた頭分の軒猿が、早苗を勝手口の木戸ごと蹴飛ばした。

「ぐっ」

まともに腹を蹴られたが木戸のおかげで思ったほどの傷を受けなかった早苗が、すばやく懐から懐刀を抜いて突っこんだ。

「阿呆、お前の相手などせぬわ」

頭分の軒猿がすっと屈《かが》み、代わって姿を見せた井筒が棒手裏剣を二本撃った。

「……がっ」

手ぶらで立っていた頭分の軒猿だけを相手だと思いこんでいた早苗は不意討ちを受け、喉に手裏剣をはやした。

「若い……」

後を追った須佐美が早苗の経験のなさを惜しんだが、それ以上の余裕はない。須佐美が後ろへ下がって、懐刀を迫田と守永に担がれている長持へ突きつけた。

「武具を捨てよ。でなければ……」

人質を取って脅そうとした須佐美が、腹を手裏剣で射貫《いぬ》かれた。

「わ、わかっているのか、逆らえば姫を……」

即死しなかった須佐美が長持に身を預けるようにして、懐刀の刃先を食いこませて見せた。

「しゃっ」

躊躇《ちゅうちょ》することなく頭分の軒猿と井筒が須佐美に襲いかかった。

「ぎゃっ」

懐刀を持つ右手を頭分の軒猿が斬り飛ばし、井筒が須佐美の頭を殴りつけた。

「こいつら、ためらいがない」

女薬込役があっという間に全滅した。

「長持を置くぞ。こやつらを排除せねば、逃げられぬ」

迫田が棒を肩から外した。

投げ出すように迫田と守永が長持から手を離した。

かなりの衝撃がなかに伝わるが、ここで長持に固執して負けてしまえば、連れて帰ることができなくなる。

二人の判断は正しかったが、姫を連れて帰らなければという縛りで、わずかに後手に回った。

「右」

「左」

夏と紅葉が短い打ち合わせの後、手裏剣を迫田と守永へ撃った。

「くっ」

「なんのっ」

さすがにそれをまともに喰らうことはなかったが、大きく体勢を崩してしまった。

「死ね」

頭分の軒猿が迫田の首を摑んでひねるように折った。

「…………」

「残念だったな」

井筒が守永の腹を忍刀で裂いた。

「あああ」

腹膜が破れ、腸がこぼれ落ちた。守永が呆然となった。

「無駄死によなあ」

死にゆく守永に夏が嘲笑を浮かべた。

「おまえたちが攫ったのは、琴姫さまではない。琴姫さまの義妹にあたられるお方じゃ」

「……そんなっ」

失意を漏らして守永が絶息した。

「早く美津さまを」

「わかっておる。男どもは背を向けよ」

狭い長持のなかに半日以上閉じこめられていたのだ、かなりひどい状態に美津がなっているとの想像はつく。

「おう」

「わかった」

夏に言われて慌てて後ろを向いた二人の耳に、

「おのれっ……」

野尻の断末魔の叫びが聞こえた。

「宿への説明をいたしてくる」

美津を休ませなければならないし、着替えもさせなければならない。頭分の軒猿が、騒ぎに恐れて顔を出さなかった宿の者たちを探しにいった。

第五章　龍虎狐狼

一

足軽継は、二昼夜で金沢から江戸へ書状を運ぶ。

「殿より、筆頭宿老さまへ」

「……殿のご書状か。開けよ」

大声で叫んだ足軽継のために表門が開けられた。

「筆頭宿老さまへ」

綱紀からのものとなれば、簡単に手から手へ渡すではすまなかった。

「ご書院を用意いたせ。本多安房さまは瀬能の長屋におられるはず。殿よりの御状とお報せして参れ」

江戸家老村井次郎衛門《じろうえもん》が指示を出した。

「……殿よりの御状だと」

すぐに正装した本多政長が表御殿に駆けつけた。

「足軽継見藤卯作《みとううさく》にございまする」

江戸屋敷に着いた足軽継は書状を書院の床の間に置き、廊下で待機する。これは書状に書けなかった詳細を預かっていることもあるからであった。

「本多安房じゃ。ご苦労であった」

足軽継をねぎらって、本多政長は床の間まで膝行《しっこう》し、書状を両手で捧げ持った。

「……拝見仕りまする」

目よりも高くいただいたあと、本多政長が封を切った。

「…………」

無言で読み終わった本多政長が、しばらく沈黙した。

「見藤、殿よりなにか承っておるか」

「はっ。余も怒っておる。好きにせよと」

本多政長が険しい表情で問い、見藤卯作が答えた。

「下がってよいぞ」

「はっ」

許可をもらった見藤卯作が離れていった。

「安房さま、殿はいかように」

村井次郎衛門が、本多政長に内容を教えて欲しいと願った。

「知らぬほうがよいぞ」

「……ですが」

一瞬ひるんだ村井次郎衛門だったが、肚をくくった。

「殿のお怒りとなれば、執政として知らぬ顔をするわけにもいきませぬ」

「ふむ。では、江戸家老として一つ命を出せ。余は瀬能の長屋に戻る。終えたらそこへ来い」

「なにをいたせば」

「留守居役どもを禁足させよ」

問われた本多政長が告げた。

「なぜでございましょう」

村井次郎衛門が、理由を問うた。

「一度釘を刺してはいるが、あやつらはわけのわからぬ慣習とやらで、藩の内密を売りかねぬ」

「それだけの大事でございまするか」

留守居役は藩の外交を担当している。毎日のように諸藩の留守居役、幕府の役人とあって、いろいろな話を集めたり、決めたりしている。それを止めるとなると、前田家は目と耳を塞ぐに近い状態になる。

なにより、すでに約束を交わしている相手に無理を頼むことになる。貸しではすまない場合も出てくる。

「殿のお怒りだ」

「……お聞かせいただきまするぞ」

内容を話せと言ってから、村井次郎衛門が腰をあげた。

「少しは肚ができたか。あれならば、江戸を預けても安心だの」

その場で問い詰めなかった村井次郎衛門を本多政長が評価した。

数馬の待つ長屋へ戻った本多政長は、客間に座って瞑目した。

「義父上……」

「村井が来る。それまで待て」

声をかけた数馬にそう告げて本多政長が黙った。

「……佐奈、茶の用意を」

本多政長の強情さは嫌というほど知っている。数馬はそれ以上言わず、佐奈に来客の用意をするようにと指示した。

「……禁足を命じて参りました」

小半刻（約三十分）足らずで、村井次郎衛門が来訪した。

「門番への指示は」

「もちろん、留守居役は一切出すなと、殿のお名前で封じておりまする」

「よくぞしてのけた」

念を入れた本多政長が村井次郎衛門を褒めた。

「さて、佐奈、石動と刑部も呼べ。その後、そなたも残れ」

「はい」

茶を出した佐奈に本多政長が述べた。

「安房さま……」

「茶を飲んでおけ。しばらく、それどころではなくなる」

女中や陪臣にまで聞かせるのはいかがなものかと、詰めよろうとした村井次郎衛門を本多政長が制した。

気をそがれた村井次郎衛門が、茶に手を伸ばした。

「参りましてございまする」

佐奈に連れられて刑部と石動庫之介が廊下に控えた。

「安房さま」

もういいだろうと村井次郎衛門が、急かした。

「うむ」

うなずいて本多が口を開いた。

「国元の殿より、報せが参った。瀬能、そなたの妹が攫われた」

「なっ」

「そのようなことが……」

数馬と村井次郎衛門が、驚愕の声をあげた。

「どうやら琴とまちがえられたらしい」

「奥方さまを狙うなど」

「愚かな」

佐奈と刑部があきれた。

「………」

「美津は無事なのでございまするか」

数馬が顔色を変えて訊いた。

「まだわからぬ。足軽継が金沢を出たのは、二日前じゃ。今頃は結果がでておろう」

本多政長が首を横に振った。

「庫之介……」

「ただちに」

「ならぬ」

美津を助けに金沢まで帰ろうとした数馬と石動庫之介を本多政長が抑えた。

「義父上、美津を見殺しになさるおつもりか」

「落ち着け。今から金沢へ戻ったところで三日はかかるぞ」

嚙みついてきた数馬に本多政長が冷静に告げた。

「それでも……」

「忘れてはおらぬか。国元には琴や主殿がおる。琴が己の身代わりとなった義妹を放置すると思うか」

「で、ではっ」

本多政長に言われて数馬が少し落ち着いた。

「国元の軒猿をすべて使っておろうよ」

「軒猿をすべて……」

刑部と行動を共にすることが多くなっている数馬は、その実力を嫌というほど知っていた。

「次の報せが来てから動くぞ。それまではおとなしくしておれ」

本多政長が数馬を説得した。

「次郎衛門、ことはわかったな」

「わかりましたが、どのようになさるおつもりでございましょうか」

村井次郎衛門が、恐る恐る訊いた。

「美津が無事に帰れば、お灸《きゅう》を据えるだけですませる。もし、傷でも負わせていたならば……」

「ならば……」

一度言葉を切った本多政長に、村井次郎衛門が震えた。

「怯えるな。さすがに御三家は潰さぬ。いや、潰せぬわ。徳川の名前を冠している天下に四家しかない特別な家柄だからの」

「さようでございまする」

笑って否定する本多政長に、村井次郎衛門が安堵した。

「もっともそのときは、五万石で九州か四国に移ってもらうが」

「……本多さま」

村井次郎衛門が、笑いを消さずに言った本多政長に絶句した。

「少しばかり上様のお手を煩《わずら》わせることにはなろうがな」

本多政長の笑みに陰が入った。

「数馬」

「はい」

「琴を江戸へ呼び寄せるが、かまわぬな」

「なにをさせるおつもりでしょう」

本多の娘とはいえ、今は数馬の妻である。

「紀州を釣りだすための餌になってもらう」

「義父上っ」

さすがに妻を危険にさらすわけにはいかないと、数馬が声をあげた。

「蚊帳《かや》の外においていいのか。琴が今回のことでどれほど怒っておるか」

「それは……」

数馬が口ごもった。

「琴にことの始末を付けさせねば、いつなにをしでかすかとずっと恐れていなければならぬ」

「…………」

「黙ったということは認めたのだぞ」

本多政長が無言でごまかそうとした数馬に苦笑した。

「たしかに我慢をさせるのはよろしくないと存じまするが……琴がどうやって紀州家を……」

「すでに考えておろうよ」

数馬の疑問に本多政長が告げた。

「ただ、それがなにかはわからぬがな」

本多政長が首を横に振った。

二

紀州徳川家二代当主徳川光貞は、江戸における数馬襲撃が失敗に終わったことを沢部から報された。

留守居役というより誘い出しの囮《おとり》のような役目で吉原へ来たのだ。さすがに泊まるわけにはいかないと吉原でひとときの遊びを楽しんだ沢部が大門を出たところで、騒ぎに気づいた。

「死体が転がっている」

編笠茶屋を過ぎたあたりに人だかりがあり、その注目しているところに死体が捨てられていた。

「おいらは見たぞ、そこの草むらから死体を担いだ黒覆面の連中を」

集まっていた野次馬が、周囲に説明していた。

「…………」

今回の策を始める前に沢部は薬込役と顔合わせをしている。

沢部にはすぐにそれが薬込役だとわかった。

あわてて藩邸に戻った沢部は、翌朝、徳川光貞に報告した。

「どういうことじゃ。薬込役にとって敵ではないとか申しておったであろうが」

「申しわけもございませぬ」

「馬場はどうした」

「長屋にて謹慎させております る」

宮地が馬場はすでに責任を取っているとかばった。

吉原大門が閉まり、人通りがなくなる深夜のうちに死者を引き取ろうとして人を連れて出向いた馬場は、間に合わなかったのだ。だが、まさかそれを沢部に見られていたとは知らなかった。

「ふん。おめおめと一人生きて帰ったか。情けない」

徳川光貞が嘲笑した。

「国元へ戻し、閉門させよ」

閉門は住居の門戸に竹矢来を打ち付けるため、すぐに馬場が咎《とが》めを受けたとわかってしまう。つまりは失敗したことを藩内に知られる。藩主側近たる薬込役にとって、これは見捨てられたにもひとしい罰であった。

「次こそはかならず」

「もうよいわ」

詫びる宮地に徳川光貞は手を振った。

「琴さえ手に入れば許す。もうすぐ、国元から吉報が届くはずじゃ」

「はい」

宮地も首肯した。

「御免を」

「ああ、紀州は役立たずに禄をくれてやるほど裕福ではない。しくじった者どもの家督相続は許さぬ」

「殿っ」

宮地が顔色を変えた。

お役目のために命を張り、残念ながら敗退した。数馬を討ち果たすために出した者たちは、逃げ帰ることなく果てたのだ。

これが死を恐れて逃げ出したとか、相手方に寝返ったとかならば、厳罰を与えられても当然であり、周囲も納得する。遺族たちもあきらめて、おとなしく消えていく。決して藩や当主を恨むようなまねはしない。

しかし、失敗したとはいえ、命を投げ出したとなれば、話は別になる。さすがに切腹とは違うが、死んだとなればそこで責任の追及は終わる。

そうでなければ、誰も戦場で勇気ある突撃をしなくなる。

「負けたのは、あやつのせいだ」

戦死したうえに責任を押しつけられるなど、家臣としてはやっていけない。

「惜しい男を亡くした。跡目に支障なきようにしてやれ」

褒美を与えずともよいのだ。そう当主が言っていたというだけで、遺族は奮起する。

「某のように死んだとしても、殿はわかってくださる」

そう安心して、任に励む。

死んだ後も家族のことは守ってもらえる。そう思えばこそ、武士は戦場で散れるのだ。その前提を崩されては、誰も命がけで任を果たそうとはしなくなる。

「お待ちをっ」

「うるさい」

すがろうとした宮地を、徳川光貞が怒鳴りつけた。

「徳川の天下は揺るがぬ泰平になっても、鉄炮の玉込めなどという無駄な役目に禄をくれてやっておるということに、不満でもあるのか」

「……………」

徳川光貞の言葉に、宮地が黙った。

「そうよなあ」

ふと徳川光貞が思いついたと口の端をゆがめた。

「余と琴の間に子ができたならば、その祝いとして、その者どもを復帰させてやろう。ついでじゃ、それまでそなたも慎んでおれ」

徳川光貞が名案だとばかりに告げた。

「……………」

なんともいえない顔で宮地が沈黙を続けた。

「早ければ、一年ほどじゃ。文句があるならば、家は復興させぬ」

「いえ。ご寛大なる仰せに、感謝をいたしまする」

宮地が、表情を見られたくないとばかりに床に額を押しつけて平伏した。

伊賀組頭も任の失敗と人員の喪失を悟っていた。

「腕利きとまでは言わぬが、前の術者が全滅しただけでなく、その死体さえ残らぬとは」

大久保加賀守から命じられたのは、加賀藩前田家留守居役瀬能数馬の見張りであった。

「どのような状況であろうとも手出しはするな。なにかあればただちに余に報せよ」

三代将軍家光のころまで、伊賀組は将軍直属の隠密であった。それが家光の晩年に信頼厚い松平伊豆守信綱にも命をくだすことが認められ、四代将軍家綱が政に興味を持たなかったこともあり、そのまま老中に伊賀者は付けられた。

「薩摩藩を探って参れ」

「仙台伊達に抜け荷の噂がある。確かめて来い」

伊賀者は老中から指示を受けて、探索に出る。それを繰り返しているうちに、いつの間にか、伊賀者は老中の家臣のようになっていた。

禄をくれているのは徳川家であり、老中たちからは一粒の扶持ももらってはいないが、その指示に疑問を抱くことも、逆らうこともできない。

「加賀といえば軒猿だな」

伊賀者にとって加賀の前田はいかに当主が徳川家の血を引こうとも、薩摩の島津、長州の毛利に次いで警戒すべき相手である。軒猿のことも歩き巫女のことも知っていた。

「紀州家の者が瀬能の後を付けているというのが、最後の報せ」

これをそのまま大久保加賀守に報告していいのかどうかを、伊賀組頭は悩んでいた。

「なにかあれば報せよである。そしてそのなにかは、瀬能の身についてで、我らのことではない」

結局失敗を報告して叱られるより、新たな見張りを出して、数馬に何かあるまで報告をしないと伊賀組頭は決めた。

攫われた美津が江戸へ運ばれたことを考えて、追っ手となった軒猿たちが加賀藩江戸屋敷に着いた。

「途中ではなにも」

軒猿が本多政長の前でうなだれた。

「ご苦労であった。そなたが詫びることではない。今回、頭をさげるのは紀州が馬鹿を言い出したときに、これを予想していなかった余じゃ」

本多政長が首を横に振った。

「とにかく、そなたたちの力も借りねばならぬ。今はとにかく、身体を休め、万全を期すように」

疲れを残すなと本多政長が軒猿たちに休養を命じた。

「……刑部」

「はっ」

金沢から来た軒猿たちを本多家江戸屋敷に逗留《とうりゅう》するように手配した本多政長が、軒猿を束ねる刑部一木を呼んだ。

「琴が来るまでに状況を把握しておきたい。紀州家にどのていどの薬込役がいるかを探ってくれ」

「数だけでよろしゅうございますので」

「技量もと言いたいところだが、難しかろう。腕はいくらでもごまかせる。強くも弱くもな。人をだますのは簡単じゃ。実際にそやつができるかどうかは、戦ってみなければわかるまい」

刑部の気遣いを本多政長は断った。

「戦えば、かならず勝ち負けができる。そして忍の勝負は生きるか死ぬかである。たかが腕比べで貴重な命を無駄にできるか」

「かたじけなき仰せでございまするが、相手の技量がわからねば……」

本多政長が総力戦を仕掛けるつもりだと刑部は理解していた。

でなければ、五十五万石に五万石では話にならなかった。

「要らぬことはするな。琴が出てくるまで我慢じゃ。そなたになにかあれば、余が辛抱を捨てるぞ」

本多政長が刑部の独断を封じた。

「さて、数馬よ」

本多政長が数馬に顔を向けた。

「一つ役目を果たしてもらう」

「わたくしに……なにを」

数馬が決意の籠もった顔で問うた。

「琴を紀州家に売って来い」

「……はあ」

義父の予想していなかった言葉に、数馬が間抜けな面をさらした。

琴は瀬能家で両手を突いて頭を垂れて、謝罪をしていた。

「わたくしのために……申しわけもございませぬ」

「顔をあげていただけぬか。琴どのよ」

数臣が五万石の姫の態度に困惑した。

「いえ、お許しいただけぬのは覚悟いたしております。ですが、お詫びをいたさねば、わたくしの気がすみませぬ」

琴は顔をあげようとはしなかった。

「いやいや、お力をもって美津は無事に戻って参りました。なにより、屋敷のなかで娘が攫われたのでございますぞ。屋敷の警固に問題があったのは、こちらのこと。たしかに琴どのとまちがわれたという不幸が原因ではございましょうが、それでも娘を連れ出されるまで気づかないのは、当家の恥でござる」

数臣が手を振った。

「お心やさしき仰せなれど……」

すでに二人の遣り取りは小半刻をこえていた。

「失礼いたしまする」

須磨が襖を開けて、割って入ってきた。

「琴どの」

「はい」

声をかけられた琴は顔を伏せたままで応じた。

「あなたが美津を身代わりにいたしたのですか」

「いいえ」

「あなたは狙われていると知っておりましたか」

「いいえ。しかし、予想でき……」

「要らぬことは口にしないでよろしい」

予想できたと言いかけたところを、須磨が封じた。

「あなたは美津を見捨てようとしましたか」

「とんでもないことを」

琴が思わず顔をあげて、首を強く横に振った。

「それでもあなたに責はあると」

「……」

須磨に言われて琴は反論できなくなった。

「一人で背負いすぎです、あなたは」

琴の目の前に須磨が座った。

「あなたは詫びずともよいのですよ。悪いのは美津を攫った者どもなのですから。他人の屋敷に入りこみ、娘を連れ去る。これを悪と言わず、なんと言いますか」

「……」

まさに正論であった。琴は黙って聞いた。

「あなたはその悪を懲らし、美津を助け出した。まちがっていますか」

「いいえ」

琴は反論しようとすればできたが、しなかった。

「わかりましたか。では、美津に会ってお出でなさい」

「あの美津さまは……」

須磨に言われた琴が逡巡した。嫁入り前の娘が攫われたのだ。どれほどの恐怖であったかは、同じ女の身である琴には容易に想像できた。

「美津も気にしていましたよ。琴どのは気に病んでおられないかと」

「ああ」

琴が感涙をこぼした。

「行ってお出でなさい。数馬のもとへ」

須磨が琴を促した。

「それに、あなたもわたしたちの娘なのです。美津と同じく大事な娘。それを忘れてはいけませんよ」

「義母上さま」

姑にそう言われたことが身を震わせた。

「かたじけのうございまする」

涙を拭くことなく、立ちあがった琴が義両親の前から離れた。

「……目にものを見せて差しあげましょう、権中納言さま」

琴が冷たい光を瞳にゆらめかせた。

三

紀州家にも大坂屋敷はある。紀州で穫《と》れた米を運び、相場に合わせて売り払い、参勤交代の費用などの経費、藩主一族の生活を賄うためのものであった。

大坂屋敷は米の売り買いをするのが役目のため、家老職はおらず、用人がその差配をおこなっていた。

「江戸よりの書状……」

用人のもとに早馬を乗り継いで藩主徳川光貞の書状が届いた。

「薬込役が一人の姫を警固して大坂屋敷へ立ち寄るゆえ、十分な手当をおこない、和歌山まで運べ。それと姫が大坂に着いたら、早馬で江戸へ報せよか。日付は十日前……」

江戸から大坂まで幕府の御用飛脚《ごようひきやく》ならば七日で着くが、それを御三家でも使うことは許されていない。また、御用飛脚には関所、川渡しなどに設けられている刻限はなく、夜中でも通行ができたが、紀州家の早馬はそうはいかなかった。

そのため、どれだけ急いでも十日はかかる。

「どこの姫さまであろうか」

徳川光貞が姫と呼ぶとなると、名門大名か三位以上の公家《くげ》、あるいは徳川本家くらいである。

「せめてそれくらいは教えていただかぬと、歓迎のしようがない」

公家と大名で扱いは変わる。紀州家より上となると尾張か将軍家しかない。紀州家よりも格上か、尾張徳川家、水戸徳川家など同格か、下かで用意する部屋からして変わってくるのだ。これをまちがえると、紀州家の大坂屋敷用人は遣いものにならないと悪評が立つ。

「江戸家老さまなら、ご存じであろう」

用人は早馬を江戸へと仕立てた。

二度目の足軽継が、ことの解決を報せてきた。

「美津どのは無事であったそうだ」

「……なによりでございまする」

本多政長から教えられた数馬が安堵した。

武家の娘にとって貞操は命よりも重い。もし、生きていても貞操に傷を付けられていたならば、美津は自害をしなければならなくなる。

「ですが……」

しかも実際は潔白であっても、周囲に疑われればそれまでなのだ。

「安心せい。動いたのは軒猿だけじゃ。ことがあったと知っているのは、殿と主殿だけよ」

「まことにありがたく存じまする」

懸念を見抜いた義父の答えに、数馬は感謝した。

「そろそろ動くぞ、数馬」

「はい」

本多政長に言われてうなずいた数馬は、麴町《こうじまち》の紀州家上屋敷へと向かう用意に入った。

「沢部さまを」

その日のうちに、前回手ひどく拒んだ紀州家留守居役沢部へ数馬は呼び出しをかけた。

「加賀藩の瀬能だと」

門番から報された沢部が跳びあがった。

沢部修二郎《しゅうじろう》は、数馬を吉原に呼びだしたのが、なんのためだったかは薄々気づいている。その数馬が生きていたとなれば、沢部にどのような難題を持ちかけてくるかわからないうえ、それを断ることはまずできない。

「いないと言え」

沢部は居留守を使った。

「あいにく沢部は出かけておりまして」

戻ってきた門番が申しわけなさそうに言った。

「それは残念。では、この書状をお渡し願えましょうか」

沢部の気まずさを理解していた数馬は、しっかり書状を用意していた。

「たしかにお預かりいたしまする」

門番は受け取るしかない。これも拒めば、紀州家は加賀藩前田家に思うところありと取られる。

「なにやら意趣遺恨の類《たぐ》いでもございましたか」

江戸城内大廊下で尾張徳川、水戸徳川、越前松平が揃っているところで、そのようなことを綱紀が持ち出したならば、徳川光貞は答えざるを得なくなる。

「そのようなことはござらぬ」

そして決してあるとは言えないのだ。

「どのようなものかお教えいただきましょう」

大名には矜持がある。綱紀が徳川光貞にそう迫るのは当然であり、

「このようなことをしでかしたであろう」

その場で徳川光貞は答えなければならないのだ。答えなければ、他人にも言えないことで恨んでいると見なされ、徳川光貞の器量が疑われる。

たとえふさわしい意趣遺恨を思いついたところで、綱紀は黙って引き下がるような人物ではない。

「いつ、どこで、どのような状況で」

細かく訊かれれば、どこかで無理が出る。二人きりならば、紀州家の権威を振りかざして、無理矢理席を立つこともできるが、城中でそのようなまねをすれば、すぐに将軍綱吉の耳に届く。

「仲立ちをいたそうぞ」

大名の諍《いさか》いを収めれば、綱吉の評判は上がる。分家から将軍になったことで軽く見られがちな綱吉は、喜んで介入してくる。

言うまでもないが将軍の仲裁を拒むことはできず、徳川光貞は和解を受け入れるしかない。

「些細なことで上様を煩わせた」

綱紀も評判を落とすが、はるかに歳上の徳川光貞のほうが、より影響を受ける。

戦国以来の遺恨だとか、娘を理由なく離別したとか、誰でも納得できる理由がないかぎり、意趣遺恨はまずかった。

「では、失礼いたす」

数馬はそのまま紀州家上屋敷を後にした。

「これを沢部さまへと」

門番は数馬の姿が見えなくなるのを確認してから、沢部のもとへ書状を届けた。

「瀬能の様子はどうであった」

「どうであったとは……」

沢部に問われた門番が困惑した。

「どこか身体の調子が悪そうな、そうよな、怪我でもしているような感じはなかったか」

「ございませんでした」

後ろ姿を見送った門番が首を横に振った。

「そうか。ご苦労であった」

門番を帰して、沢部が書状を検めた。

「左封《ひだりふう》じではないな」

沢部がほっと息を吐いた。

書状の封が通常と逆になっている、言うところの左封じは敵対するという意味を持つ。ほとんどの場合、中身はいついつどこで待っているから、決闘をしようというものになる。もし、それに応じなければ、決闘を避けた臆病者と触れ回るという脅し文句も付いて来た。

「……なんだと」

書状を読んだ沢部が驚きの声をあげた。

「と、殿にお目通りを」

急いで沢部が書状を手に、徳川光貞のもとへと向かった。

徳川光貞は幕府に目を付けられた父頼宣と違って、戦国を経験していなかった。戦を知らぬということは、力の怖さをわかっていない。

「戦を知らぬ大名なんぞ、虚仮威《こけおど》しでしかない」

徳川頼宣が松平伊豆守ら老中たちを怖れていなかった。

十三歳のおり、豊臣家を相手にした大坂冬の陣にて初陣《ういじん》を飾った徳川頼宣は、翌年の大坂夏の陣では真田信繁《さなだのぶしげ》や福島正守《まさもり》ら、豊臣方最後の軍勢と決戦をおこなった天王寺《てんのうじ》・岡山《おかやま》の戦いで後詰めとして出陣、自らが戦うことはなかったが、戦場の空気に触れている。すでに徳川家の天下ではあったが、それに対抗できる勢力の姿も、その断末魔も見てきていた。まさに戦国最後の武将であった。

それに対して、息子の光貞は定まった天下しか知らない。しかも御三家という格別な家柄で、頭をさげるべき相手は将軍家だけ。紀州藩の財政を考えた策を打ち出すなど、領主としての責務は果たしているが、父頼宣が慶安《けいあん》の変で幕府から咎めを受けて、慎みを命じられたことなど、幕府への不満は抱えていた。

なにより四代将軍家綱が跡継ぎなくして死の床に就いたとき、御三家が五代将軍候補として名前が挙がらなかったことを怒っていた。

強い者はなにをしても許される。徳川光貞は権威と力の違いを理解できていなかった。

「殿」

「騒がしい」

藩主が直接政をすることはあまりない。それこそ、朝餉《あさげ》を取り終わって、昼餉《ひるげ》の用意が整うまでですむ。藩主の仕事は、政を担う家老たちからもたらされる案件に諾否を下すだけで、一々細かいところまで手出しをしていれば執政たちの立場はなくなってしまう。

夕餉までの間、気に入りの小姓と将棋を楽しんでいた徳川光貞が、うるさそうな顔で沢部を見た。

「申しわけもございませぬが、加賀藩留守居役の瀬能から書状が……」

「瀬能……琴の夫だな。見せよ」

沢部の用件を聞いた徳川光貞の対応に、小姓が座を立ち書状を受け取った。

「こちらを」

小姓が書状を徳川光貞に捧げるようにして渡し、素早く部屋の隅に移り控えた。

「うむ」

満足そうにうなずいた徳川光貞が、数馬からの書状に目を落とした。

「……ほう。ようやく御三家の恐ろしさを知ったようじゃ。折れおったわ」

読み終えた徳川光貞が笑った。

「いかがいたしましょうや」

「沢部、そなた瀬能と会い、日時の打ち合わせなどをすませておけ。それとさすがに上屋敷に本多の娘を受け入れるわけにはいかぬ。どこぞ目立たぬところがよいな」

「では、松濤《しょうとう》の下屋敷はいかがでございましょう」

首をひねった徳川光貞に沢部が上申した。

「松濤か。それはよいな。あそこならば、他人目も少ない」

徳川光貞がうなずいた。

松濤の下屋敷は、延宝《えんぽう》四年（一六七六）に四代将軍家綱から拝領した中渋谷《なかしぶや》村の五万坪の屋敷地に建てたもので、徳川光貞やその子供たちの休息に用いられていた。

「お任せくださいませ」

用がすんだ沢部がさがっていった。

「ふん。無駄な抵抗をしおって。薬込役どもの襲撃を生き延びたとはいえ、怖れおったな。肚のない輩ばかりじゃ。やはり本多など裏でしか動けぬ弱き者でしかないわ」

徳川光貞が楽しそうに言った。

「しかし、江戸へ琴を連れてくるというのはどういうことだ。金沢へ薬込役を向かわせたはずだが……」

ふと徳川光貞が嫌な予感を覚えた。

「まあよい。どちらにせよ琴が手に入るとわかったのだ。祝杯じゃ、酒を用意いたせ」

徳川光貞が控えている小姓に命じた。

父から江戸へ出てくるようにと言われた琴は、綱紀の許可を兄本多主殿に任せ、ただちに行列を仕立てさせた。

「琴の江戸行きを認めぬ」

万が一綱紀が許さなくても境の関所までならば、領国内での移動だと強弁できる。

「問題はありませんね」

琴は堂々と金沢城下を出た。

今回は瀬能の嫁ではなく、本多家の娘として出府せよと本多政長から指示されている。

琴の駕籠は越前で破壊されてしまったので、やむを得ず本多政長の正室で前田利常の娘春姫《はるひめ》が使用していたものを借りている。春姫は慶安三年（一六五〇）に死去しているが、主家の血を引く姫君の遺品はすべて本多政長によって、こまめな手入れがなされている。

「道具は使ってこそ意味がある」

本多政長の書状に、その駕籠を使えとの指示もあった。でなければ、正室の娘でもない者が、ご愛用の駕籠を使うなど論外だという反対が出かねない。もちろん、そのようなものは留守を預かる本多主殿が一蹴するだろうが、それをさせれば本多主殿へ恨みを向ける者が出かねない。

「絡んでくる者もおりませぬ」

春姫の駕籠には、加賀梅鉢《うめばち》の紋が描かれている。藩侯の紋入り駕籠に難癖を付けられる者はいない。それをすれば、たとえなかにいるのが琴であろうがなかろうが、藩主家への無礼になる。

「問題は……紀州だけ」

琴姫の懸念はただ一つだけであった。

「江戸の近くで、待ち受けているかも知れませぬ」

「ご安心を。我ら軒猿が付いておりまする」

駕籠のなかでの独り言に、脇を歩いている夏が反応した。

「頼みますよ」

琴がそう言った後に付け加えた。

「江戸へ一人走らせなさい」

「すでに、ご出発を報せる者を出しましてございまする。途中でも随時行程を江戸の大殿さまのもとへ走らせる手配もいたしておりまする」

夏が手抜かりはないと答えた。

「では、参りましょう。旦那さまのもとへ」

琴が微笑んだ。

沢部は徳川光貞の指示をもって、加賀藩邸を訪ねた。

「留守にしていた」

居留守だったが、それを告げるわけにはいかない。沢部が詫びを口にした。

「いえ、不意に参りましたので」

数馬がこちらも失礼をしたと返した。

「書状のことだが、違いないであろうな」

「あのとおりでござる」

沢部の確認に、数馬が応じた。

「少し出られるか」

「あいにく、留守居役の他行には家老の許可が要ることとなりまして、用件と相手方、どこで何の話をし、いつ帰邸するかを申告せねばなりませぬ」

「面倒な」

首を左右に振った数馬に沢部が舌打ちをした。

「やむをえぬ。ここで打ち合わせをいたそう」

「どうぞ」

辺りを気にしながら嘆息した沢部に、数馬が同意した。

「いつになる」

「金沢をいつ出たか、途中で雨などに降られぬかなどでずれますゆえ、はっきりとは申せませぬが、女駕籠のことでございまする。十二日ほどはかかるかと」

江戸と金沢は百十里（約四百四十キロメートル）以上あるのだ。男の足に比べて格段に遅くなる女駕籠では、それなりにかかる。

「……急がせるわけにもいかぬか」

女駕籠に無理をさせれば、乗っている琴が倒れてしまう。沢部が苦い顔をしながらも認めた。

「麴町のお屋敷へ……」

「いいや、中渋谷村に当家の下屋敷がある。そちらにお連れせよ」

「渋谷の下屋敷でございますな」

「うむ。用意もある。北国《ほっこく》街道から中山道《なかせんどう》を使うのならば、上尾《あげお》宿が最後の泊まりになるな」

上尾宿は江戸から十里（約四十キロメートル）足らずのところにあり、本陣が一つ、脇本陣が三つある繁華な宿場町であった。

「おそらくはとしか」

旅の予定はずれるものである。数馬が保証できるものではないと首を横に振った。

「上尾に着く日がわかれば、報せよ。よいな」

そう言って返答も待たず、沢部は帰っていった。

「相も変わらず、上からじゃの」

潜門を出たところでの遣り取りをなかで聞いていた本多政長があきれた。

「渋谷の下屋敷か。おもしろいことを」

本多政長が口の端を吊りあげた。

四

あと数日だと琴の到着を楽しみにしていた徳川光貞のもとへ、大坂屋敷からの問い合わせが届いた。

「大坂屋敷に姫がなどと申して参りましたが……」

江戸家老が大坂屋敷用人の書状の内容に疑念を持ち、徳川光貞へ知っているかと尋ねたのである。

「それならばよい。捨ておけ」

「はあ」

主君がそう言えば、そこで話は終わる。江戸家老が納得していない顔ながら、それ以上は問えず、座を下がろうとした。

「日付はいつになっておる」

ふと徳川光貞が気にした。

「……十日前でございまする」

「なんだとっ」

徳川光貞が驚きの声を漏らした。

「まだ琴が大坂屋敷に着いていない……あり得ぬ」

顔色を変えた徳川光貞が首を横に振った。

「まさか、金沢へ行かせた薬込役が全滅……琴が江戸へ向かったというのが真実なればば他に考えられぬ。薬込役は藩主最後の盾ぞ。それが……」

「殿……いかがなされました」

江戸家老が徳川光貞の様子に息を呑んだ。

「……薬込役が捕らえられ、余の命だと漏らしたのか」

「殿、殿」

「その薬込役を証人として、上様へ訴え出るつもりでは……瀬能のあれは降伏ではなく宣戦布告」

江戸家老の声も徳川光貞には聞こえなかった。

「沢部を呼べ」

徳川光貞が大声を出した。

「お召しでございましょうや」

すぐに沢部が駆けつけてきた。

「そなた加賀藩の留守居役に探りを入れよ」

「探りでございまするか。なにをどのようにいたせば」

いきなり言われても戸惑う。沢部が詳細を求めた。

「出府してくる琴の行列の目的じゃ。ひょっとして……」

徳川光貞が懸念を口にした。

「殿を訴える……」

「父のこともある。もし、余に咎めがあれば、藩も無事ではすまぬぞ」

「藩にも……」

沢部が震えた。

頼宣のときでも、紀州藩には咎めは及ばず、一石たりとも取りあげられてはいなかった。抗弁が通ったとはいえ、頼宣にかけられたのは謀叛の疑いである。疑いをかけられただけでも外様大名ならば、半知召し上げくらいは喰らう。それを防げたのは、頼宣が家康の息子であり、御三家の当主だからであった。だが、二回目となると話は変わる。まず、徳川光貞が家康の孫と一代遠くなっているうえ、御三家だからといって二度も無罪放免では、世間が許さない。少なくともお預かりの松坂城《まつさか》と付随する領地召し上げは命じられる。

　そして石高が減った藩がすることは決まっている。藩士の石高を減らすか、藩士の何人かを放逐するかである。

　沢部にとっても他人事ではなかった。

「江戸で瀬能を襲わせた者たちは、馬場を除いて死んでおる。死人は口を利かぬ。だが、加賀へ出した者どもの生死は不明じゃ」

「た、たしかに。ですが、そのような者、当家にはかかわりない者だと切り捨てればよろしいのではございませぬか」

　大名や旗本が醜聞を起こした家臣を無関係だと突っぱねて、知らぬ顔をするのは常套手段であった。

「それを一度やっている。かの由井正雪は紀州家出入りの軍学者であったのだ。それを父がかかわりないと捨てた。講義の帰り、暗くなるゆえ使うがいいと紋所入りの提灯《ちょうちん》まで与えておいてだ。いかに御三家とはいえ、二度目は難しいぞ」

　徳川光貞が苦い顔をした。

「結果、父は十年江戸で禁足をさせられた。神君家康公の息子だった父でそれだ。余だとどうなる」

「…………」

責めるような言いかたをする徳川光貞に沢部は沈黙した。まちがいなく十年ではすまないとわかっているからであった。

「探れ、琴が薬込役を連れてくるかどうかを」

「わかりましてございまする。それでいるとわかった場合はいかがいたしましょう」

「江戸へ入れるな」

「それはっ……」

徳川光貞の言葉に沢部が蒼白になった。

「畏れながら、わたくしは留守居役でございまする。武張ったまねはできませぬ」

沢部が必死に首を左右に振った。

「そなたにせよなどとは言わぬわ。薬込役どもを差配し、仕留めさせせよ。ことをなしたならば、報いてくれる」

徳川光貞が命じた。

「……はい」

禄という恩を受けていながら、奉公を返さないとなれば、藩にいられなくなる。

沢部がうなだれた。

沢部はまず宴席でよく顔を合わせる加賀藩前田家留守居役肝煎六郷大和《やまと》へ、会いたいとの手紙を出した。

「まことに残念ながら、当分の間多忙につきお目にかかれない」

ていねいな詫び状が届いて終わった。

「そういえば、瀬能が禁足が出ていると申していたな」

沢部が思い出した。

「……なれば」

沢部があらゆる伝手《つて》を遣って、加賀藩前田家留守居役とのつなぎを取ろうとした。

「先日、沢本《さわもと》さま、高山《たかやま》さまが留守居役を辞められたとごあいさつをいただきましてございまする」

加賀藩前田家が出入りしている吉原の揚屋から、耳寄りな話が聞こえた。

「高山ならば面識がある。辞めたならば、禁足にはならぬはずじゃ」

沢部は揚屋に金を渡し、揚屋の名前で高山を呼びださせた。

「なんだというのかの。留守居役を辞めたゆえ、そうそう遊びには来れぬと申したであろうに」

文句を言いながらも高山は揚屋に顔を出した。

「お客さまがお待ちで」

「客……遊女ではなく」

揚屋の男衆に言われた高山が首をかしげた。

吉原からの呼び出しというのは、まれに借財を払いに来いというのもあるが、そのほとんどが馴染みの遊女が来てくれと頼むものであった。

高山も長く留守居役をしていた関係上、吉原に馴染みの遊女がいた。

「まあいい。客とはどなたじゃ」

「ご無沙汰をしている。高山どの」

「これは紀州家の沢部さまではございませぬか。わたくしに御用でございまするか。あいにく、わたくしは留守居役を外れておりまする。とてもお話は承れませぬ」

現れた沢部に高山が手を振った。

「まあ、一献《いっこん》」

沢部が高山に酒を勧めた。

「貴殿のようなできるお人を留守居役から外すとは、失礼ながら前田公はなにをお考えかの」

「でございましょう」

少し酒が進んだところで水を向けると、すぐに高山が不満を口にした。

「……本多さまが」

「まったく、留守居役のなんたるかをわかっておられぬ」

「ところでお願いがござってな」

すっと小判を三枚沢部が出した。

「なにをすれば……」

留守居役を辞めさせられれば、藩の金での飲み食い遊びはできなくなる。毎日のように来ていた吉原も、月に一度くらいへと減ってしまう。気に入った遊女との逢瀬《おうせ》さえ難しい。その不満がたまったところに沢部の誘いである。

高山が落ちたのは当然であった。

「……報せるだけでよいのでございますな」

「さよう。いるか、いないか。それだけで結構」

念を押した高山に沢部がうなずいた。

「では、お願いをいたしましたぞ。ああ、ここの払いは拙者がもちますゆえな。馴染みの遊女を呼んで鬱憤《うっぷん》を晴らされればよい」

沢部が高山に止《とど》めを刺した。

久しぶりの逢瀬に遊女から歓待された高山は、満足して屋敷へ戻った。

「借りは返さねばの」

高山は留守居役をしていたときの慣習をつごうよく解釈していた。

「琴とか申したな。瀬能の嫁は」

本多の娘となれば、さすがに呼び捨てにはできない。仮祝言をすませたと聞かされたことを高山は免罪の符にした。

「瀬能に訊けばわかるだろう。夫が妻のことを知らぬなど恥じゃ」

高山は数馬の長屋を訪れた。

「……高山どのが」

数馬があまりかかわらなかった先達《せんだつ》の来訪に戸惑った。

「高山と申さば、あの沢本と同じ愚か者だろう」

しっかりと本多政長は辞めた留守居役の名前を覚えていた。

「さようでございまするが、あまりお付き合いもなく、いきなり訪れられるほどの仲ではございませぬ」

数馬が首をかしげた。

「まあ、話を聞いてみようではないか」

楽しそうに本多政長が言った。

「儂は隣室におる。用があれば佐奈に伝えさせる」

すっと本多政長が隣室へと移動した。

「……御用件は」

ときがときだけに、数馬は世間話を飛ばして、いきなり用件を問うた。

「ふん。少しは愛想を振らぬか。留守居役は相手を不愉快にしてはならぬのだぞ」

高山が先達ぶって説教を垂れた。

「用件を」

うるさくなった数馬は御を取って急かした。

「これだから国元しか知らぬ者は……」

高山が重ねて数馬を侮蔑したが、にらまれて語尾がすくんだ。

「よ、用であったな。聞けば、まもなく国元から権妻《ごんさい》が出てくるらしいが」

「…………」

権妻とは妻に準ずるという意味で、これも侮辱であった。数馬が殺気を高山にぶつけた。

「ひくっ……」

　高山が腰を抜かした。

「琴姫さまが江戸へお見えとは伺っておりまする」

　妻だと認めたくないなら、本多の姫ならどうだと数馬が嫌がらせを口にした。

「そ、その行列に前田家ではない者が加わっておらぬか」

　震えた高山が、さっさとすませたいと方針を転換、用件を述べた。

「行列に他家の者が……」

　怪訝な顔をした数馬のもとへ、佐奈が茶の代わりを持って近づいてきた。

「認めよとのことでございまする」

　茶碗を取り替えしなに、佐奈が本多政長の伝言をささやいた。

「……たしかに一人増えたと聞いた覚えがござる。それがなにか」

「いや、邪魔をした」

　逃げ出すようにして、高山が去っていった。

「……おもしろいことになるようだの」

　すぐに本多政長が隣室から戻ってきた。

「義父上……」

説明を数馬が求めた。

「美津を攫った連中の生き残りがいては困るということだ」

「……では、いると言えば……行列を襲う」

本多政長の答えに、数馬が唖然とした。

「これで釘が刺せるな」

冷たい目で本多政長が呟いた。

五

軒猿の足は足軽継と遜色ない。

「明後日には上尾宿に到着いたしまする」

伝令役となった軒猿が報告した。

「ご苦労であった。下がって休め。佐奈、これへ」

本多政長が軒猿をねぎらったあと、佐奈を呼んだ。

「琴のもとへ走り、紀州が手出しをしてくると伝えよ。そのあとは屋敷に着くまで警固に加われ」

「よろしゅうございましょうや」

ちらと数馬に目を向け、佐奈が許可を求めた。

「琴を頼む」

数馬がうなずいたのを見て、佐奈が出立した。

「さて、そなたは前のように……」

「沢部にそれを教えるのでございますな。ですが、襲われるために教えるというのは」

本多政長の指示に、数馬が乗り気ではないと態度で見せた。

「罠じゃ。獣を捕まえるには、いい餌がいる。それにそなたと石動も行ってもらうのだ。懸念はなかろう。吾が妻くらい守れなければの」

にやりと本多政長が嗤った。

沢部に会う手間も惜しいと、数馬は書状を小者に届けさせ江戸を発《た》った。

「お先に参りまする」

長い黒髪を未練なく断ち切り、若衆侍姿になった佐奈が風のように走っていった。

「殿」

石動庫之介も怒りを口調にこめていた。

「残念ながら、全部は殺すな。二度と加賀に手出しできぬよう、紀州を抑える道具にするのだ」

「二度と剣を握れぬようにするくらいはよろしゅうございまするか」

「剣……命の遣り取りの怖ろしさを知れば、剣など持てまいよ」

「承知」

やはり妹と妻を狙われた数馬も怒りを抑えきれていない。

「急ぐぞ」

数馬は足に力を入れた。

手紙を受け取った沢部は中身を確かめることなく、そのまま徳川光貞に届けた。

「……よし。明後日上尾の宿に来るようだ」

徳川光貞がうなずいた。

「村垣《むらがき》をこれへ」

すぐに、慎しみを命じられた宮地に代わって江戸詰め薬込役の頭となった者が呼び出された。

「やることはわかっているな」

「……はい」

捕まっている同僚の始末である。救出ではないだけに、やる気などない。

「琴もできれば連れ出せ。その後、松濤へ届けよ。少しでも早く吾がものとして、従わせておきたい。言うまでもないだろうが、あれに傷一つ付けることは許さぬ」

さらに徳川光貞が難しい条件を付けた。

「承知いたしておりまする」

「うまくこなせ。さすれば今までの失策はなかったことにしてくれる。野尻など無駄死にした者どもの家督も認めてやる」

士気の低さを徳川光貞は褒美で釣った。

「恥とわかっておりまするが、人数がいささか」

二度の失敗で薬込役は半減している。すぐに穴埋めできる弟や妹のいる家もあるが、ほとんどは子供ばかりであった。

「ならば番方《ばんかた》から出してやる。あまり多いと目立つゆえ、十人だが」

「十人でございますか……」

しばらく村垣が思案した。

「その番方衆については……」

「かばわずともよい」

使い捨てにしていいかと問うた村垣に徳川光貞が許可を出した。

「では」

村垣が出ていった。

「なにをしておる。そなたも参れ」

「わ、わたくしもでございまするか」

他人事のように聞いていた沢部が言われて驚いた。

「戦わずともよい。琴の手を引くくらいはできよう」

「……わかりましてございまする」

戦いに加わらなくてもいいと言われて、ようやく沢部が腰をあげた。

薬込役は藩主側近と言われている割に、家格も家禄も低い。なにせ、戦場で藩主が撃つ鉄炮の準備をする役目は、もともと戦場で華々しい手柄をあげることはできず出世とは縁がないのだ。

当然、他の藩士たちからは軽く扱われる。

「なぜ、そなたに従わねばならぬ」

最初から番士たちとの連携は取れなかった。

「おまえたちは、そのふがいない者を見つけるだけでよい」

番士たちは薬込役たちを戦力とは考えていなかった。

「よいのか足手まといぞ」

上尾の宿へ向かいながら、村垣の同僚が懸念を口にした。

「その場だけうなずいて、殿の目が届かなくなればよりひどくなるだけじゃ」

村垣も番士たちを戦力とは見ていなかった。

「盾だと思え」

「かえって邪魔だわ」

同僚が村垣の意見に対して吐き捨てた。

「目くらましていどだな」

村垣も意見を変えた。

「しかし、嫌な役目よな」

「仕方あるまい。加賀に屈した者は口を封じねばならぬ」

仲間殺しは誰でも嫌なものである。しかも、卑怯な役目を命じられてなど、どれほどの腕達者でもやる気はなくす。だが、どのような役割を振られても、抵抗できないのが家臣の悲哀であった。

「救い出してはいかぬのか」

「薬込役を潰す気か。あの殿がそれを見逃してくださると」

「我らが黙っていれば……」

「番士たちが見ているし、もう一つ後ろに目があるだろう」

村垣が小声で告げた。

「無念だが、一人のために組を潰すわけにはいかぬ」

同僚の希望を村垣は粉砕した。

「さあ、無駄話はここまでよ」

村垣が集中しろと言った。

琴は上尾の宿を出た。

「今日の夕方には江戸屋敷へ入りまする」

駕籠脇には昨日のうちに合流した佐奈がいた。

「旦那さまは、どのあたりに」

「まもなく合流されましょう」

数馬を気にした琴に佐奈が答えた。

「楓《かえで》、物見を」

琴の相手を終えた佐奈が、女の軒猿のなかでも足の速い楓を出した。

「夏、御駕籠の右を、紅葉、左を」

配置を指示して、佐奈は行列の後ろに回った。

後ろは行列全体の状況を一目で把握できるので、手薄なところを見つけやすい。さらに後ろからの奇襲に最初に応じられる。まさに警固の要であった。

「……来るがいい」

佐奈が静かに闘志を口にした。

数馬と石動庫之介は、前方から来る行列に気づいた。

「殿」

「ああ、あれらしいの」

石動庫之介に声をかけられた数馬が首肯した。

「ここで待つ」

「はい」

報せが着いてから人を出す紀州家が数馬たちより早いとは考えにくい。数馬と石動庫之介は、行列の前衛を務めることにした。

「姫さま、旦那さまがお見えに」

夏が駕籠中の琴に報せた。

「そう。駕籠を止めなさい」

琴が命じ、止まるなり琴が外へ出た。

「真《まこと》に旦那さま」

琴がうれしそうにほほえんだ。

「……御駕籠へ。敵襲でございまする」

佐奈が後ろから駆けつけてきた。

行列の前に出ていた楓に薬込役が襲いかかっていた。

「いえ、ここで旦那さまのお働きを見ておりまする。よいでしょう、佐奈、夏、紅葉」

「近づけさせませぬ」

「お任せを」

「……奥方さま。あとで殿にお叱りいただきまする」

夏、紅葉がうなずき、佐奈があきれた。

「……ちっ」

左右から同時に襲われた楓が苦戦していた。

「殿、あそこ」

「ああ。行くぞ」

いつの間に抜かれていたなど、もうどうでもよい。数馬と石動庫之介が楓の援護に走った。

「来たぞ」

「瀬能だ」

すぐに隠れていた薬込役たちが応じた。

「くらえっ」

村垣が目潰しを数馬へと投げた。

「殿、御免」

それを前に出た石動庫之介がつかみ取り、抱えこんだ。

目潰しは金剛砂《こんごうしゃ》に唐辛子《とうがらし》の煮汁を付けて乾かしたものを卵の殻に封じたものである。卵の殻だけに、ぶつかれば容易に割れ、仕込まれた金剛砂をまき散らす。この金剛砂が一つでも目に入れば、水で洗い流しても半日はまともにものが見えず、運が悪いと失明する。また、目だけでなく唐辛子の粉が付いていることで鼻や口に入れば、咳《せき》やくしゃみが止まらなくなって、とても戦うことはできなくなる。

これへの対処は難しい。卵の殻だけに受け止めた瞬間に爆《は》ぜ、摑もうとしても割れて投げ返すことはできない。かわしてもすぐ近くに落ちて砂をまき散らし、いつ吸いこむかわからない。それを石動庫之介は手で摑んだ後腹に抱えこむことで飛散を防いだのだ。

「やれっ」

目潰しを摑むため、両手を使ったうえ、腰も曲げた石動庫之介は隙だらけであった。そこを村垣は見逃さなかった。

「しゃっ」

手裏剣が石動庫之介へ投げられた。

「させるか」

今度は数馬が前に出て、手裏剣をかぶっていた笠を手にして受け止めた。

「馬鹿が」

葦《あし》で編んだ日除けの笠で手裏剣を防ぐことはできない。

「…………」

数馬は手裏剣が突き刺さった瞬間、力任せに笠を横へ放り投げた。

「馬鹿な……」

薬込役が使った手裏剣は先だけが尖《とが》り、後は鉄の棒でしかない。つまりは胴体を払われれば、それが葦を編んだていどの弱いものでも、わずかとはいえ力を加えることができる。まさに、ほんの一瞬もない刹那の間だが、それを数馬はしてのけ、手裏剣は少しだけその軌道を変えさせられた。

「つっ……」

さすがに完全に弾くことはできず、石動庫之介の右肩を手裏剣はえぐったが、それですんだ。

「かたじけなし」

「後だ」

すでに目潰しとしての意味がなくなった卵の殻をそのまま下に落とすと、石動庫之介が太刀を抜きながら駆けた。

「おうよ」

数馬も合わせて奔った。

「阿刀田《あとうだ》……」

楓と戦っていた薬込役に村垣が警告を出すが、石動庫之介の突きが勝った。

「ぐっ」

背中から胸まで貫かれた阿刀田と呼ばれた薬込役が絶息した。

「ご援助、感謝」

二対一を一対一にしてもらえた楓が、礼を述べた。

「なにをしている。我らを待たぬか」

やっと紀州藩番方が追いついた。

「行列はあそこでござる」

村垣が数馬と石動庫之介への牽制として番方の数を利用した。

女行列には警固役の侍が三人しかいない。そちらへ十人の番士が向かえば、数馬も石動庫之介も動揺すると村垣は策を弄した。

「よし。行くぞ」

太刀を抜きながら、番士たちが数馬と石動庫之介、楓の横を駆け抜けていった。

「こっちを片付けるぞ」

「はい」

数馬と石動庫之介は、駆け抜けた連中の身体が上下に揺れているのを見て、たいした腕ではないと見抜いた。

「面倒な」

村垣が舌打ちをした。

「紀州藩薬込役、一つ教えてやろう」

対峙《たいじ》しながら、数馬が村垣へ話しかけた。

「…………」

返事の代わりに、村垣が斬りかかってきた。

「金沢城下に来た連中は、人違いの女を攫い、本多の怒りに触れて殲滅されたぞ。男三人、女二人だったそうだ」

「なんだとっ」

一刀を受け止めながら言った数馬に、思わず村垣が驚愕した。

「残念だったな。沢部へ嘘を流したのは、本多の策だ」

「やはり……我ら薬込役が生き恥をさらすはずは……」

村垣が唇を噛んだ。

「ぎゃああ」

　そこへ絶叫が響いた。

「お仲間がやられたぞ」

　数馬がちらと行列を見た。

「琴の待列はすべて軒猿衆だ。それが駕籠かきを含めて八人、勝ち目はないな。ほれ、二人、三人……」

　わざと数馬が番士たちの負けを数えた。

「時間稼ぎもできぬのか」

　村垣が焦った。

「ぐえっ」

　石動庫之介と戦っていた薬込役が絶叫をあげた。

「無念」

　楓と斬り結んでいた薬込役が空《くう》を摑んで崩れた。

「残ったのは、おぬしだけだ。引けば追わぬ」

「引くことは許されぬ。それが定め。せめて、おまえだけでも」

　村垣が表情を変えて、数馬へ挑んできた。

「死ね……」

村垣が刀を振りあげたところで、止まった。背中に二本の手裏剣が刺さっていた。

「…………」

物見から戻った楓が一礼して、行列へ走っていった。

「卑怯……」

「まだ嫁をもらったばかりでの。死ぬわけにはいかぬ」

数馬が啞然とした表情のまま崩れた村垣に語りかけた。

「さて、沢部を片付けるか」

数馬が凄惨な斬り合いに腰を抜かしている沢部へとゆっくり近づいていった。

終章

一

上尾の宿を出たところでおこなわれた戦いは、数合わせでしかない紀州家の番士と数少ない薬込役相手に、本多家が圧勝した。

数馬の捕虜などいないという言葉を信じなかった薬込役が村垣たちから離れ、事実かどうかを確かめに近づき、そこで男軒猿と戦いになり手傷を負わせたのが、紀州側唯一の戦果という有様であった。

「うむ。よくしてのけた」

その場から報告に駆けてきた軒猿を本多政長がねぎらった。

「で、どれほど手に入れた」

「留守居役一人と番士四人でございまする」

「ほう、留守居役とな」

軒猿の返答に、本多政長が頬を緩めた。

「一つ面倒が減ったな」

本多政長がほくそ笑んだ。

「明日か、江戸へは」

「はい。怪我人と捕虜の処置に手間取りまして」

本日の門限までに屋敷へ着く予定だったが、襲撃とその後処理のため、行列は上尾から最初の宿場である大宮《おおみや》で一日逗留することになっていた。

「ちょうどよい。どれ、儂は儂の仕事をするとしようか」

本多政長が立ちあがった。


将軍は夕七つまで政務をおこなう。もちろん、案件がなければ、早く終われるし、面倒があれば夜中まで御座《ござ》の間で執務することもある。ただ、なにもなければ大奥入りとなった。

当然、来客はここで遠慮するのが慣例であった。

小姓が四つ（午前十時ごろ）の寸前に綱吉へ声をかけた。

「上様」

「いかがいたした」

「本多安房がお目通りをと願っております」

小姓が戸惑いながら告げた。

「爺がか。よい。許す」

綱吉が即座に認めた。

「あまり陪臣をお気になさるのは……」

小姓頭が苦言を呈したが、

「もう加賀へ引っこむのだ。そうなれば二度と会うこともあるまい」

今だけだと綱吉が拒んだ。

寵愛を受ける己への嫉妬をものともせず、本多政長は御座の間下段襖際へと進んだ。

「急な願いをお聞き届けいただきましたこと、感謝いたしまする」

「登城勝手を許したのは、躬《み》である。気にするな」

平伏した本多政長に綱吉が笑いかけた。

「で、どうかしたのか。このような刻限は珍しいぞ」

将軍への目通りは、主に昼餉がすんだ後が多い。綱吉が問うた。

「少しばかり困ったことになりまして」

「爺が困るだと。そのようなことがあるのか」

眉を下げて見せた本多政長に綱吉が驚いた。

「困ったことばかりでございまする。ですが、今回のことはわたくしだけで片付ける
わけにも参りませず。恥ずかしきことながら、紀州公が吾が娘に懸想《けそう》なされまして
……」

本多政長がいろいろと話を膨らませて、徳川光貞との遣り取りを語った。

「よい歳をして、権中納言も恥ずかしいの」

聞き終えた綱吉があきれた。

「よかろう。躬から権中納言に断りを入れてやろう」

「かたじけなきお言葉でございまするが、上様には権中納言さまと大久保加賀守さま
をお呼び出しいただきたくお願いを申しあげまする」

綱吉の好意を本多政長は遠慮した。

「権中納言はわかるが、加賀守はなぜだ」

綱吉が首をかしげた。

「わたくしが江戸を離れまする前に、上様にお話をさせていただきたいことがございまする」

「躬に話か。聞こう」

ぐっと綱吉が身を乗り出した。

「大久保加賀守さまにもかかわりがあることでございますれば……」

「一緒に聞かせたいと」

「はい」

「そこに権中納言を同席させるのはなぜだ」

綱吉が疑問を口にした。

「天下というものがどれほど厳しいか、身をもって知っていただきたく」

「……天下の厳しさか。まことにそうよな。自らがその座に就かぬかぎり、決して理解できぬ辛さである」

本多政長の言いぶんに綱吉が同意した。

「わかった。明日の昼でよいか」

「畏れながら、吾が娘とその娘婿にも知らせておきたく、お庭の隅でもお許しいただだければ」

綱吉の案に本多政長がもう一つ願った。

「娘はわかるが、娘婿はどうしてじゃ」

「娘婿ももと旗本でございまして……」

その理由を本多政長が告げた。

「ほう、おもしろい出じゃな」

綱吉が興味を持った。

「なれば、弥太郎《やたろう》」

「はっ」

呼ばれた小納戸の柳沢《やなぎさわ》弥太郎保明《やすあきら》が手を突いた。

「明日の昼八つ半（午後三時ごろ）よりおこなう。地震《じしん》の間を用意させておけ」

「はっ」

柳沢保明が首肯した。

「一同」

続いて綱吉が、御座の間にいた小姓組、小納戸組、側役《そばやく》を見回した。

「今のこと、外に漏らすな。もし、漏れたときは、誰がやったかなどは調べぬ。この場にいた者すべてに死罪を命じる」

「それはっ」

　小姓組頭が絶句した。

　死罪とは切腹ではなく、斬首《ざんしゅ》になる。切腹の場合はまだ武士として扱われるが、斬首となると罪人となり、家は改易、家族は切腹あるいは遠島《えんとう》、押しこめなどの咎めを受ける。もちろん、連座も適用され、一族郎党まで影響が出た。

「申しつけたぞ」

　反論を綱吉は封じた。

　翌日の昼前、大宮をかなり早立ちした行列は、加賀藩邸ではなく本多家の江戸屋敷に到着した。

「急かすようで悪いが、身形《みなり》を整え、登城の用意をいたせ。上様にお目通りをいただく」

「はい」

「えっ」

　迎えに出た本多政長の言葉に、琴はうなずき、数馬は驚愕した。

「衣服を替え、髪を洗え。猶予はあまりない」

事情説明を求められる前に、本多政長が命じた。

旅をすれば嫌でも身に埃《ほこり》がつく。ましてや空《から》っ風《かぜ》で有名な上州から江戸への行程である。駕籠に乗っていた琴でさえ、髪に白い砂埃が付いているのだ。戦いも経験した数馬は、真っ白とまではいわなくとも、相当汚れていた。

「はっ」

将軍に会うというのに薄汚れていては無礼になる。もともと将軍は戦場の大将なので、首実検《くびじっけん》や手柄を報告に来る血まみれの武将などを見慣れているはずだが、泰平になると将軍は神に近いものとして、汚れから遠ざけられる。

さすがに天皇家に会うように、数日前から斎戒沐浴《さいかいもくよく》とまでは言われないが、あらかじめ目通りがわかっている前日は臭《にお》いものを摂《と》らないとか、女人《にょにん》を近づけないとかくらいはしなければならない。

今回は出府と同時の登城になるため、そこまでは言われていないだけだが、薄汚れた状態では、将軍に会う前に目付《めつけ》の制止に遭う。

「出るぞ」

本多政長、琴の乗った駕籠、さらに沢部、生き残りの番士を詰めこんだ駕籠を囲むようにして、行列は本多屋敷を出た。

同じころ、麴町の紀州徳川家上屋敷に、老中堀田備中守正俊《まさとし》が将軍綱吉の使者として訪れた。

数万石ていどの大名、旗本には使者番が、それ以上となると幕府も気を遣い、若年《わかどし》寄《より》や大目付を向かわせる。そして御三家には老中が出向く。

老中には御三家といえども敬意をしめさなければならなかった。

居留守はもちろん、仮病も通らない。

「出かけておるだと」

「上様の御用でござる。ただちに呼び戻せ」

「病であるならば、上様ご名代《みょうだい》としてお見舞いいたす。休んでおるところへ案内いたせ」

老中にそう言われれば、そこで終わる。

「流行病《はやりやまい》で、万一ご老中さまにお移しするようなことになれば」

断ったら、

「奥医師《おくいし》を寄こそう」

こう返される。

老中が使者となった以上、死んでなければ会わなければならなかった。

「備中守か。なにようかの」

大坂の蔵屋敷からは追加の報告はないし、襲撃に出した沢部たちからの報告もない。失敗したかと苛《いら》立《だ》っていたところに堀田備中守の来訪である。

徳川光貞の機嫌は悪い。

「上様よりの使者である」

堀田備中守が立ったままで、上座を譲れと言った。

「…………」

将軍家の使者は、将軍と同じ待遇になる。しぶしぶながら堀田備中守の言葉に従って、下座へと移った。

「……徳川権中納言。本日八つ半、御座の間へ参るようにとの御諚である」

「御座の間でございまするか」

徳川光貞が怪訝な顔をした。御三家は将軍に近い一族である。正月や八朔《はっさく》など、徳川家にとっての祝日の挨拶は、将軍居室である御座の間でおこなうが、通常は一度御三家紀州徳川家の控えである大廊下上の間で、召されるまで待機するのが慣例であった。

「たがいない」

堀田備中守が首肯した。

返答に意味はない。将軍の命に従うのが大名である。これは御三家でもかわりはない。来なければ、紀州家が咎められるだけであった。

「承ってござる」

まだ納得していない顔で、徳川光貞が承諾した。

老中の執務は八つ（午後二時ごろ）までと慣例で決まっている。

「では、お先でござる」

城中巡回を担当する番でもない大久保加賀守が、他の老中たちに挨拶をして腰をあげた。

「……伊賀者がなにも申してこぬの。報告することがあればとは言ったが、もう二十日近くになる。問いただすべきかの」

上の御用部屋を出た大久保加賀守が、伊賀者との連絡をおこなう中庭へ足を向けた。

「加賀守さま」

歩き出そうとしたところで、待ち構えていたらしい小姓組頭に大久保加賀守は呼び止められた。

「なんじゃ」

行く手を遮られたような大久保加賀守が威圧を込めた低い声を出した。

「上様がお召しでございまする」

そのていどでおたおたしていては、とても綱吉の側にはいられない。小姓組頭は、先に立って御座の間へと歩み始めた。

御座の間と御用部屋は隣り合っている。歩くというほどでもなく、御座の間に着いてしまう。

「待て。上様のお召しだというが、御用はなんじゃ」

大久保加賀守が足を止めたままで小姓組頭に訊いた。

「存じませぬ。上様より加賀守さまをこれへと申しつけられましたので」

小姓組頭が首を左右に振った。

「なにか話を耳にしておるだろう」

御座の間にいる小姓組頭が、将軍の話を耳にしていないはずはなかった。将軍の口から出たことを聞き、次になにをすればいいか、将軍の要求はなにかを読み取り、素早く手配りするのが、小姓組頭の役目である。

「なにも」

小姓組頭は同じ答えを繰り返した。

「勘定奉行になってみぬか」

誘うように大久保加賀守が餌をぶら下げた。

「存じませぬ」

眉一つ動かさず、小姓組頭が拒否した。

「お待ちでございまする」

小姓組頭が大久保加賀守の案内を終えて、御座の間へと入っていった。

「なにがあった……」

頑《かたく》なな小姓組頭の態度に、より大久保加賀守が警戒を強くした。

二

城中地震の間は、その名前の通り万一の地震に備えて造られたものである。慶長伏《けいちょうふし》見《み》大地震で天下人豊臣秀吉《ひでよし》がその金と権力にものをいわせて建てた伏見城が崩れ、多くの人が亡くなった一大災害を経験した徳川家康は、江戸城を建てるときに避難する場所として、地震の間を設けた。

地震の間は将軍とその世子を守るため本丸と西の丸にある。本丸にある地震の間は、城中紅葉山の麓《ふもと》にあり、城が崩壊しても、火事が起こっても直接被害が及ばないよう、周囲の建物からは離れたところにある。

当たり前だが、地震の間は咄嗟の避難用であり、災害がおさまったならば、将軍はもっとしっかりしたところか、被害の少ない御殿や家臣の屋敷へ移動する。また、供をする者も少ないと想定されているため、大きさも小さい。

地震の間は幅九尺（約二・七メートル）、奥行十二尺（約三・六メートル）の一間だけであり、床は抜けを警戒して、地面と直接触れる板の間になっている。また、地震の間が崩れたときのことを考え、屋根は重い瓦葺《かわらぶ》きではなく、軽い柿葺《こけら》きとなっていた。

御座の間に集まった大久保加賀守、徳川光貞、それに柳沢保明を引き連れた綱吉が、紅葉山へと出た。

「あそこじゃ」

地震の間が見えたところで、綱吉が告げた。

「上様、なぜこのようなところへ」

徳川光貞が首をかしげた。地震の間など、御三家、老中でさえ来たことはない。

「あそこなれば、盗み聞きできまい」

孤立している地震の間では、近づくことさえ難しい。

綱吉が笑った。

「なにか……」

「着けばわかる」

まだ訊こうとする徳川光貞を綱吉が制した。

綱吉が近づいたのに気付いたのか、すっと地震の間の戸障子が開いて、堀田備中守が姿を見せた。

「備中、揃っておるか」

歩きながら綱吉が問うた。

「すでに揃いましてございまする」

堀田備中守が頭を垂れながら答えた。

「うむ」

満足そうに綱吉がうなずいた。

「入れ」

綱吉がそう声をかけて、地震の間へ足を踏み入れた。

「なっ……」

「……なぜ、本多が」

綱吉に続いた徳川光貞と大久保加賀守が息を呑んだ。

「……適当に座れ」

さっさと奥の柱前に陣取った綱吉が、呆然と立っている徳川光貞と大久保加賀守に命じた。

「……これは、どういうことでございましょうや」

地震の間を囲むようにある庇《ひさし》の下で控えている本多政長一行を見た大久保加賀守が綱吉に説明を求めた。

「紀州権中納言がここにおるということでわかろう」

「…………」

綱吉に言われた大久保加賀守が黙った。

「伊賀者から聞いておるぞ、加賀守」

堀田備中守が大久保加賀守をにらみつけた。

「なんのことだ」

大久保加賀守がとぼけようとした。

「加賀守、躬が問いただしたのだ。いまさら、ごまかせると思うな」

綱吉が付けくわえた。

「上様が御自ら伊賀者などという卑《いや》しき者に……」

「もともと伊賀者は、躬のものじゃ」

「…………」

言われた大久保加賀守が黙った。

「ついでじゃ。伊賀者からそなたの求めについての返答も聞いてやったぞ」

「それは……」

まさに私用で伊賀者を使ったに等しい。大久保加賀守がばつの悪そうな顔をした。

「加賀守の指示を受けた者は全員未帰還だそうじゃの。安房」

ちらと綱吉が下座で殊勝《しゆしよう》な態度で控えている本多政長を見た。

「覗き見はいけませせぬ」

本多政長が淡々と述べた。

「おのれは、御上の手の者を害した……」

「加賀守、まちがえるな」

怒鳴りつけかけた大久保加賀守を綱吉が抑えた。

「躬の指図ではない。つまり、あれは御上の手ではない。そなたの手先じゃ」

「上様っ。伊賀者を探索に使うのは執政の役目。あの伊賀者どもは、加賀藩に不審な動きがあるのではないかと、見張らせていたのでございまする」

冷たく言われた大久保加賀守が綱吉に抗議をした。

「留守居役を見張らせてか。なぜ、加賀権中将あるいは、江戸家老ではないのだ」

綱紀のことを加賀守と呼べば、大久保加賀守とかぶってややこしい。綱吉は加賀守と左近衛権中将を兼任している綱紀を加賀権中将と呼んだ。

「それは……そう、留守居役は他藩との付き合いを司りまする。つまりは留守居役を通じて、外様どもが繋がる……」

「本気でそう申しておるのか」

大久保加賀守の抗弁に綱吉があきれた顔をした。

「留守居役とはどのていどのものだ、瀬能」

綱吉が板の間にいる数馬に声をかけた。

「畏れながら、留守居役は用人よりも軽く、とてもそのような大事を決定することはできませぬ」

「無礼ぞ、そなた」

答えた数馬を大久保加賀守が叱りつけた。

「直答は許しておる。少しは落ち着け」

綱吉が大久保加賀守を睨んだ。

「ではございまするが……」

「安房、もうよいのではないか」

嘆息しながら綱吉が本多政長に問うた。

「さようでございまするな。これではまともに話を聞きますまい。お下がりいただいてよろしいかと」

本多政長が首肯した。

「加賀守、下がってよい。せっかく安房が、大久保家がなぜ神君さまから咎められたかの話を聞かせてくれようとそなたを呼んでくれと言うゆえ、この座に加えたというに、その有様では、落ち着いておれまい。後日、安房から聞いて躬が話してくれるわ」

「上様、どうぞ、陪席をお許しいただきたく。二度と騒ぎませぬ」

氷のような綱吉の言いかたに、大久保加賀守が震えあがった。

「……安房、よいか」

「上様のお心のままに。ただ、次は口だけでの詫びでは……」

綱吉の問いに、本多政長が条件を付けた。

「わかっておる。備中守、次に躬が出ていけと命じたときには、加賀守を御用部屋からも追い出せ」

老中首座堀田備中守に、綱吉が告げた。

「承知いたしましてございまする」

「……………」

堀田備中守が首を縦に振り、大久保加賀守が絶句した。

「では、話を始めよう。権中納言、言いわけはあるか」

「なんのことでございましょう」

綱吉に目を向けられた徳川光貞が怪訝な顔をした。

「安房の娘を攫おうとしたそうではないか」

「上様、そのようなこと、わたくしはさせておりませぬ」

指摘した綱吉に、徳川光貞が首を左右に振った。

「紀州藩の者を本多家は捕らえておるぞ」

「そのような者、当家とはかかわりございませぬ。かつて父が由井正雪のことで疑われたときもさようでございましたが、当家に遺恨のある者が偽《いつわ》っておるのでございまする。事実、父のときはかかわりないと御上もお認めになられました」

父頼宣のことに話が行くと予想した徳川光貞が、わざと前例として出した。

「紀州家の留守居役というのもおるぞ」

「偽者《にせもの》でございまする」

「そうか。偽者か。なればその罪状を明らかにしたうえで、蘇鉄の間で晒《さら》そうぞ。弥太郎、手配を」

「はっ」

言われた柳沢保明が一礼して立ちあがった。

徳川光貞の表情がゆがんだ。

「…………」

蘇鉄の間は諸藩の留守居役が控えている。そこに沢部が連れていかれれば、すぐに紀州家の者とわかる。その沢部が、加賀藩留守居役の数馬の妻を主君に献上するため、出府の途中を襲ったとなれば、紀州藩の名前は地に墜《お》ちる。

「そのような者当家にはおりませぬ」

なにせ、これが使えないのだ。

「先日、不始末があり放逐《ほうちく》いたした者」

せいぜいこれがいいところではあるが、このようなものを誰も信じない。

「紀州藩は御三家の威光を利用して、他家の家臣の妻を奪おうとするなど、まともではない。これは付き合いを考えたほうがよさそうだな」

今まで御三家として遠慮してくれていた他家の留守居役が、紀州家の留守居役の相手をしなくなる。なにせ、常識が通じず、留守居役の間で取り交わした約束をあっさりと反古《ほご》にする可能性がある。

御三家となれば、お手伝い普請もないし、他家とのもめ事もまず起こらない。留守居役がいてもいなくてもかかわりないといえばそうなのだが、それでもいないと困る場面も多い。紀州家の姫の婚姻、嫡男以外の養子縁組、他にも祝い事への参加、葬儀への参列など、大名の面目《めんぼく》を保たねばならないことはあった。

「お待ちくださいませ」

徳川光貞が綱吉に頭をさげた。

「まず、本多家の娘は当家の臣水野の妻でございまする。それが国元を出奔《しゅっぽん》、勝手に実家へ帰った者。それを連れ戻そうといたしただけでございまする」

「安房」

綱吉が本多政長に、真偽を問うた。

「南龍公が亡くなって二年後に娘は離縁されておりまする。子ができぬという理由と家風に合わずとのことで」

「紀州頼宣が死んだのはいつじゃ」

将軍でなければ御三家の当主であった者を諱《いみな》で呼び捨てにはできない。綱吉が尋ねた。

「寛文《かんぶん》十一年（一六七一）のことでございまする」

徳川光貞が答えた。

「十年から前の話ではないか。四年引いたところで六年……ずいぶんとのんびりいたしておるのだな、紀州は」

「…………」

揶揄《やゆ》された徳川光貞が黙った。

「安房、そなたの娘は誰のところに嫁いだ」

「紀州家の家老水野家の志摩介のもとでございまする」

「ほう、家臣の女敵《めがたき》を当主が討つと」

本多政長の答えに綱吉が嗤った。

女敵討ちは、密通した妻とその相手の男を夫が成敗《せいばい》するものである。武士の名誉として密通された者はかならず女敵討ちをせねばならぬとされていたが、そもそも妻に密通されること自体が恥であるため、通常の敵討ちのように賞賛はされなかった。というよりもまず表沙汰にはしない。

「女敵討ちは、隠居、あるいは退任とすべし」

幕府も女敵討ちを当然のこととととらえていたが、成功しても夫の恥は雪《すす》がれず、武士としての生活を終えるように通告を出している。

「それは水野家の当主が長く病に伏せておりましたので……」

「弥太郎、右筆に確認をして参れ。紀州水野から女敵討ちの届けが出ておるかどうか」

徳川光貞の言いわけを聞いて、綱吉が指図した。

敵討ちはもちろん、女敵討ちもその理由を書面にして幕府へ届け出ていなければならなかった。無届けでの敵討ちは、ただの人殺しになる。こうしないと、人を斬っておいてから敵討ちだと言う者が出てくるからであった。

「……出しておりませぬ」

小声で徳川光貞が告げた。

「ほう。権中納言どのは、御上への届け出などどうでもよいと言われる。さすがは頼宣公の血を引かれるだけのことはある」

綱吉がわざと敬意を表した。

「申しわけもございませぬ」

「安房」

「はい。しっかりと水野家の離縁状はございますが、そこまでされて黙っているのも業腹《ごうはら》でございまする。水野どのにお伝えいただきましょう。いつなりとも本多家は女敵討ちをお受けすると」

促す綱吉に頭を垂れてから、本多政長が徳川光貞に述べた。

「さすがじゃの。躬も認めてやろうぞ。ただし、女敵討ちの決まりじゃ、その水野の後継ぎは家督相続できぬの。ああ、もちろん、返り討ちに遭ったならば、武道不十分として、家は潰せ」

「上様っ」

徳川光貞が絶句した。

「当たり前であろう。又敵《またがたき》は厳禁じゃ。これも敵討ちの決まり」

返り討ちに遭ったからといって、また別の者が敵を付け狙うのは禁じられていた。どこかで止めないと、恨みを無限に続けることになり、世情に不安をもたらす。施政として認めるわけにはいかなかった。

「底の浅いまねをいたすな。権中納言、そなたは一度捨てた本多との縁を取り戻したいだけであろう。躬が安房を気に入ったことを利用しようというところか。それほど駿河に帰りたいか」

「…………」

五代将軍になるときの争いで綱吉は疑い深くなっている。血筋より己の利で動く。幕府を支える執政でさえそうなのだ。

綱吉に断じられた徳川光貞がうなだれた。

三

「さて、本題に入ろうぞ」

綱吉が気を新たにした。

「権中納言、そなたの話は終わった。さがってよい」

「何卒《なにとぞ》、何卒、わたくしめにも同席をお許しいただきたく」

大久保と本多の間にある確執を知れる。弱みを握られた形となった本多家に少しでも優位を取るには、絶対に聞き逃すわけにはいかなかった。

「……安房」

「どちらでもよろしゅうございまする」

綱吉に言われた本多政長がいてもいなくてもいいと返した。

「むっ」

ものの数でもないと言われたに等しい徳川光貞だったが、声を荒らげることはなかった。

「なれば、石でおれ」

「石でございまするか」

徳川光貞が首をかしげた。

「ものを言うな、動くな。それができずば、駿河を取り戻すどころか、もっと遠くに追いやってくれるわ」

「承知いたしましてございまする」

すでに紀州藩を潰すまではできなくとも、移封あるいは減封するだけのものを綱吉は握っている。徳川光貞を隠居させるくらいならば、一言ですんだ。

徳川光貞が頭をさげた。

「安房、始めよ」

「では、仰せでございますれば」

命じられた本多政長が一礼をして、背筋を伸ばした。

「本多家と大久保家の確執でございまするが、これは神君家康公のお考えでございまする」

「東照宮さまのお考えだと申すか」

「はい。上様、畏れながら、神君さま最大の危難とはなんだとお考えでございましょうや」

確かめた綱吉に、本多政長が質問をした。

「神君最大の危難と申さば、やはり伊賀越えであろうか」

綱吉は本能寺《ほんのうじ》の変に巻きこまれた徳川家康が、無事本国三河へ帰るまでの苦難をあげた。

「まさに、伊賀越えは危難でございました。ですが、他に思いつかれませぬか」

「関ヶ原はすぐに終わった。三河一向一揆か」

桶狭間の合戦で今川義元《よしもと》が討ち死にしたことで、人質から解放された家康が領国で一向宗とぶつかった。結果、家臣たちのほとんどが一向一揆に与し、家康は寝返った家臣から首を獲られかけた。

「それもかかわっておりまするが……」

「違うと申すか。ではなんじゃ」

綱吉が急かした。

「ご嫡男信康《のぶやす》公のご謀反でございまする」

本多政長が言った。

「信康公といえば、武田《たけだ》家と通じたとして切腹させられた神君の嫡男。たしか今川の血を引いていたと」

「さすがでございまする」

綱吉の知識を本多政長が賞賛した。

「信康さまは、神君さまのご長男でございましたと同時に、織田信長《のぶなが》公の娘婿でもあられました。そして織田信長公によって、三河の国主と認められたお方」

「それがなんだと」

綱吉が本多政長の言いたいことがわからず、首をかしげた。

「とりあえず、そのことを覚えていただきたく」

「ふむ。まあよかろう」

綱吉がうなずいた。

「神君家康公が恐れられたのは、なんだったのか。織田信長公、豊臣秀吉公、黒田《くろだ》官《かん》兵衛《べえ》公、伊達政宗《まさむね》公、名前を挙げればきりがありませぬ。しかし、このどなたでもなかった。神君家康公がもっとも恐れられたのは、家臣の謀反でございました」

「謀反だと」

本多政長の言葉に綱吉が反応した。

「さようでございまする。家康公のご経歴を見れば、どれほど家臣で苦労なされていたかは、おわかりになりましょう」

一度そこで本多政長が話を切った。

「その理由でございますが……家臣によって徳川、当時は松平と言っておりました三河の大名は痛い目に遭い続けてきました」

「…………」

一同が本多政長に集中した。

「まず、最初は家康公の祖父、松平清康《きよやす》さま。三河を統一した清康さまは、尾張の織田を倒すべく兵を挙げようとなされた。そこを家臣によって刺殺され、松平家は偉大な当主を失って衰退いたしました。そのため、家康公の父広忠《ひろただ》さまは独立を保てなくなり、今川家の庇護《ひご》を受けざるを得なくなり、家康公を人質に出された」

「なるほど清康さまが生きておられれば、家康公の人質はなかったと」

「はい」

綱吉の要約を本多政長は認めた。

「さらに人質として駿河へ運ばれる家康公は家臣であった戸田康光《とだやすみつ》の奸計《かんけい》で、織田信秀《のぶひで》に売り飛ばされました」

「聞いたことはある。家康公が将軍となられてから、夜話の一つとして百貫で売られたと言われていたらしいの」

綱吉がまたも相槌《あいづち》を入れた。

「さらに家康公が人質から解放されて岡崎《おかざき》に戻られてすぐ、三河の一向一揆で家臣たちに裏切られました」

「そなたの祖父佐渡守も一向一揆に付いたらしいの」

「はい。祖父は熱心な一向宗信者でございましたので」

皮肉げな笑いを浮かべた綱吉に、本多政長が苦笑した。

「ずっと家臣に裏切られ、手痛い目に遭ってきた家康公がようやく三河を統一、そして遠江《とおとうみ》を掌握されようとしたとき、信康公のことが起きたのでございまする」

「織田信長の娘が讒言《ざんげん》したとか」

「いいえ」

「なんだと」

首を左右に振った本多政長に綱吉が驚いた。

「讒言するように持っていったのでございまする」

「誰が……まさか、家康公か」

「……はい」

本多政長が首肯した。

「あのとき、信康公はすでに元服《げんぷく》もされ、初陣で功績も立てておられました。そして先ほどのことを思い出していただきますれば、おわかりのように信康さまは三河の国主として織田信長公より認められており、三河の家臣は筆頭の石川数正《いしかわかずまさ》を中心に、皆信康さまを主君と仰いでおりました」

「なんだとっ」

綱吉が絶句した。

「あのとき家康公は、武田家の手出しもあり、まだ遠江を完全に攻略できておられませなんだ。そのときに背後の三河が押さえられたら……」

「信康公はじつの子供だぞ」

「乱世でございますぞ。甲州《こうしゅう》の武田、駿河の今川、越前の長尾《ながお》、尾張の織田と親子兄弟で争ったところはいくつでもございまする」

武田は信玄《しんげん》が父の信虎《のぶとら》を追放して当主の座を奪っている。今川は義元が兄の玄広恵探《げんこうえたん》と家督を争いこれを討ち果たし、越前の長尾は景虎《かげとら》が兄を隠居させ、尾張の織田信長も弟を討って家中を安定させている。

「なにより、信康さまは家康公を恨んでおられた」

「なぜ……そうか。家康公が桶狭間の後、今川から離反したことで、駿河に残されたからか」

「ご明察でございまする」

気づいた綱吉を、本多政長が賞賛した。

「家康公にとって信康さまは跡継ぎではなく簒奪《さんだつ》者でございました」

「むうう」

「そして簒奪者がその芽を見せたとき、家康公はそれを摘まれた。ただ嫡男から廃すわけにはいきませぬ。信康公は織田信長公の娘婿。その後ろ盾がございまする。無理をすれば家康公が排除されることにもなりかねませぬ。そこで家康公は信康さまの妻、信長公の娘を使って武田と通じたとの疑いを作りあげた。さらにどうすればいいかとこちらから織田信長公に問われたのです。言うまでもなく武田は織田の天敵。噂だからといって無視はできませぬ。かといってかばうのも難しい。もし、それが真実であれば、織田信長公は滅びの道に入る。三河が独立して武田と組めば、遠江の家康公は挟み撃ちされる形になり、遠からず武田によって討ち果たされましょうし、三河が敵になれば織田の本国尾張が危なくなるため、信長公は西への進みを止めなければならなくなりましょう。織田信長公は家康公の尋ねにこうこたえるしかなかった。好きにいたせと」

「切腹させよと命じたのは織田信長公ではないと」

「はい。これは家康公の使者となって織田信長公のもとへ向かった酒井《さかい》忠次《ただつぐ》どのが返答を受け取って参りました。真実かどうかは、酒井家にお問い合わせいただければと」

「それでそなたは酒井河内守《かわちのかみ》をかばってやったのか」

先日、己の五代将軍就任を邪魔した大老酒井雅楽頭忠清《うたのかみただきよ》の嫡男と同時に目通りをした本多政長が、その河内守忠挙《ただたか》を推挙とまではいわないがかばうようにしていたことに、綱吉は思いいたった。

「かばったというほどでもございませぬが、上様と河内守どののお話がしやすいようには道筋をつけたつもりでおりまする」

本多政長が一礼した。

「むうう」

「…………」

綱吉がうなり、他の者どもは声を失った。

「そこまで……」

「偶然でござる。上様が酒井河内守どのを召されたと伺ったゆえ、少しだけお手伝いをと考えたしだいでござる」

感嘆の声を漏らした柳沢保明に、本多政長が手を振った。

四

「話を戻しまする。家康公はずっと家臣を疑って来られた。息子といえども家臣と同じ。家康公の目指す道を切り開く者でなければならず、立ち塞がる者であってはなりませぬ。潰れかけた松平家を復興し、大名として大きくなるには決して足をすくわれてはならぬ。家康公は息子を犠牲にしても乱世を生き延びてこられた。そこへ本能寺の変でござる。天下を目前にした織田信長公が、家臣明智《あけち》光秀《みつひで》の謀反によって討たれた。家康公がより狷介《けんかい》になられたことはおわかりいただけましょう」

ずれ始めた話題を、本多政長が戻した。

「あ、ああ」

衝撃に綱吉も呑まれていた。

「織田信長公に代わって豊臣秀吉公が台頭した。その豊臣に家臣石川数正が引き抜かれた。石川数正はかの一向一揆のときは宗旨を変え、実父と争ってまで忠を尽くした者。これで家康公は、家臣すべてを疑われるようになられた」

そこまで言って、本多政長が大久保加賀守へ身体を向けた。

「加賀守どのよ。大久保家がなぜ改易の憂き目に遭ったか、貴殿はご存じか」

「い、いや」

問われた大久保加賀守が首を左右に振った。

「ことは関ヶ原に遡りまする」

ふたたび本多政長が、綱吉へと向き直った。

「関ヶ原は徳川の圧勝ではございましたが、戦が始まるまで、勝敗はわかりませなんだ。小早川《こばやかわ》の返り忠、毛利の傍観の約束はできておりましたが、そのようなもの信用はおけませぬ。裏切りをもっとも嫌った家康さまが、それに頼るはずはございませぬ。小早川や毛利のことは、一つの策でしかございませなんだ。家康公がお考えだったのは、数で勝る。衆寡《しゅうか》敵せずで勝つ。そのために家康公は出せる兵すべてを関ヶ原に向かわされた。ですが、その策はならず、裏切りで勝ちました」

「秀忠公の遅参か」

「その通りでございまする。三万からの軍勢が決戦に間に合わなかった。その遅参を仕組んだのが大久保忠隣でございました」

「なにを申す」

思わず大久保加賀守がかっとなった。

「黙れ、加賀」

綱吉がすかさず叱りつけた。

「出ていくか」

「申しわけございませぬ」

大久保加賀守が蒼白になりながら詫びた。

「なぜ、大久保忠隣は遅参をさせたのだ」

「小早川、毛利の裏切りは当たり前でございまするが、伏せられておりました。関ヶ原に着くまでに知っていたのは、実際に動いた祖父佐渡守くらいでしょう。それを知らなかった大久保忠隣は、関ヶ原で徳川が負けるかも知れぬと思ったのでございまする。負け戦に巻きこまれては、秀忠さまのお命も、己の命も危ない」

「関ヶ原で負ければ、徳川は終わるぞ。そんな吾が身や後のことを考えても無駄であろう」

綱吉が当然の疑問を呈した。

「家康公に従って関ヶ原に進んだ者は、そのほとんどが豊臣恩顧の大名でございました。多少は徳川の旗本もおりましたが、主力は秀忠さまのもとにあった」

「負けても徳川の傷は少ない。なにより、徳川の本拠江戸は関ヶ原から遠い。天下の名城江戸城も健在、旗本も関東に配された譜代大名も無事。対して豊臣方は恩顧大名どもが潰し合い、大きく力を減じる。とても江戸を攻める余力はない……」

「まさにその通りでございまする」

綱吉の推察を本多政長が認めた。

「大久保忠隣は秀忠さまの補任をいたしておりました。忠隣は秀忠さまを生かし、万一のとき、その当主とするために、関ヶ原で精鋭たる徳川の旗本三万を待っていた家康公を裏切った」

「では、なぜ、その直後に大久保忠隣は家康さまによって討たれなかった」

思わず徳川光貞が口を挟んだ。

「関ヶ原に勝ったとはいえ、まだ豊臣は健在、他にも上杉、伊達、佐竹、島津、毛利、加藤、福島、前田と徳川を敵に回せる大名が天下にはいた。そこに徳川が一枚岩ではない、家康公を裏切る者もいるなどと知らせては、どうなりましょう。なにより、徳川が割れますぞ。家康公に従う者、秀忠公を担ぐ者、その他の息子さま方に近づく者と」

「……………」

本多政長に言われた徳川光貞が沈黙した。

「愚か者が」

綱吉が迂闊な発言をした徳川光貞にあきれた。

「大久保忠隣が改易されたのは、慶長十九年（一六一四）正月。加藤清正、浅野長政《ながまさ》ら豊臣恩顧の名将たちが死に、毛利、上杉が大大名から大名に墜とされ、天下が徳川のもとで盤石《ばんじゃく》となって、あとは豊臣を滅ぼすだけとなってからでございました。これが祖父の知っていた真実でございまする」

話は終わったと本多政長が手を突いた。

「……なんともまた」

綱吉が嘆息した。

「ほう」

他の者もやっととばかりに息を吐いた。

「安房よ、あと一つ気になる」

「なんでございましょう」

問われた本多政長が顔をあげた。

「なぜ本多佐渡守は粛清されず、そこまで家康公の信を得た。そなたの祖父こそ、最初に家康公を裏切っているではないか」

本多佐渡守も三河一向一揆に加わっただろうと綱吉が指摘した。

「簡単なことでございまする。本多家は小さかった。一族もなく、家中の嫌われ者で、誰も手を組んではくれない。徳川家中でもっとも一族の多い大久保家のように、影響を及ぼすことはできませぬ」

本多佐渡守の先祖は、賀茂神社の神官である。生涯戦場で傷を負わなかった猛将本多忠勝《ただかつ》の家系も祖を求めれば同じになるが、三河一向一揆に与したり、戦場働きではなく、裏で策を巡らす謀臣であった本多佐渡守を蛇蝎《だかつ》のごとく毛嫌いしていた。

「裏切ったところで、なんの障害にもならぬから見逃されていただけでございまする。そう、今の加賀本多家のように。加賀の本多家は陪臣、どうしたところで御上や徳川家に何一つ影響を及ぼせませぬ」

「そういうことか。陪臣とすることで血筋を守ったのだな。これも本多佐渡守の策」

「…………」

綱吉の言葉に、本多政長は答えることなく、静かに平伏した。

「のう、安房よ。このことを頼宣は知っていたと思うか」

「知っておられたのではないかと思いまする。家康公が戦語りに告げられたのではないかと」

「では、なぜそれを使って秀忠公から駿河を守らなかったのだ」

「……………」

綱吉の疑問にそれを聞きたいとばかりに、徳川光貞も身を乗り出した。

「将軍の弱みなど握っていても使うものではございませぬ。弱みを知っているというだけで、いつ殺されても不思議ではございませぬ。将軍家は大義。いくらでも謀反の疑いはかけられましょう。それをわかっていたからこそ、南龍公の家老安藤帯刀は、刀を突きつけても紀州への移封を承諾させた。そう、わたくしは考えておりまする」

本多政長が述べた。

「では、由井正雪の乱は……」

「当事者がすべてこの世から去ってしまったことで、切り札が使えなくなった南龍公の嫌がらせかと」

「壮大な嫌がらせよな」

綱吉が笑った。

「以上でございまする」

「うむ。ご苦労であった」

本多政長を綱吉がねぎらった。

「上様、これをもちまして、わたくしめは加賀へ戻りまする。おそらく二度と江戸へ出てくることはございますまい」

江戸から離れることで、保身を図ると本多政長が暗に告げた。

「また、娘とその婿も、金沢へ戻しまする」

「そういたすがよい」

本多政長の、数馬と琴も見逃してくれという願いに綱吉がうなずいた。

「瀬能と申したな」

「はっ」

綱吉に声をかけられた数馬が、地面に額を押しつけた。

「たいへんな一族に迎えられたの。精進いたせ」

「ははっ」

数馬が一層恐縮した。

「琴であったか」

「はい」

「なるほど美形じゃ。安房の娘でなくば、躬の手元に置きたいが、そのようなことをすれば、またぞろ勘ぐる輩が出てこよう。残念だが、天下安寧《あんねい》を図る役目の躬じゃ。

あきらめよう」

「畏れ多いことでございまする」

琴も深く頭をさげた。

「安房よ。よき夫婦であるな」

「ありがたき仰せ」

将軍が数馬と琴を夫婦として認めた。これで徳川光貞も水野辰雄も、一切の手出しができなくなった。

「どうぞ、上様。ご健勝でお過ごしなされますよう」

「そちも長生きいたせ」

本多政長の口上に、綱吉が応じた。

「戻ろうぞ。弥太郎、備中守。権中納言、加賀守もついて参れ」

立ちあがった綱吉が、平伏をしている本多政長、数馬、琴の前を通り過ぎていった。

「……終わったの」

三人だけとなったことを確認して本多政長が背筋を伸ばした。

「ふうう」

数馬も思わず大きなため息を吐いた。

「旦那さま、お疲れでございましょう」

琴が数馬をねぎらった。

「奮戦した父のことはよいのか。まったく、娘は嫁にいくと父より夫じゃの」

本多政長がすねて見せた。

「嫁《か》しては夫に従えと申しまする」

微笑みながら琴が言い返した。

「ふん。さて、帰るぞ。金沢へ」

「わたくしもでございまするか」

数馬が問うた。

「なんじゃ、江戸に残りたいのか」

「とんでもない。もう、懲《こ》り懲《ご》りでございまする」

留守居役として藩と藩との遣り取りを経験した数馬は、その裏の汚さに辟易《へきえき》していた。

「甘いの。国元に帰れば、もっと面倒だぞ。江戸はいったところで広く浅くじゃ。国元は違う。百万石とはいえ、江戸に比べれば小さい。皆顔見知りだけに、深く濃いぞ」

本多政長が脅した。

「今以上……」

「わたくしがお側におりまする」

啞然とした数馬の手を、そっと琴が包みこんだ。

了

あとがき

『百万石の留守居役』シリーズ最終巻をお届けします。

二〇一三年十一月に第一作を上梓《じょうし》させていただいてから、八年の長きにわたりお付き合いを賜《たまわ》りましたこと、心より感謝いたします。

前作『奥右筆秘帳《おくゆうひつひちょう》』シリーズでもそうでしたが、一つの物語を始めるときにはどうやって幕を引くかを考えております。ただ、そこへいたるまでのことは、良い言い方をすれば、臨機応変、悪く言えば、行き当たりばったりです。

テレビでもコミックでも小説でも、人気次第で予定は、ずれます。人気があれば(昨今は赤字でなければらしいですが)続き、なければ打ち切られる。幸い、このシリーズは肩たたきに遭《あ》うことなく続けることができました。

余談ですが、このシリーズを始めるとき、『奥右筆秘帳』シリーズ以来ずっと担当をしてくれていた編集者のN氏に、「あなたが定年退職するまで続けられたらいいね」と言ったことを思い出しました。

すでに数年前に出世して担当から外れたN氏でしたが、この十七巻目が出る前月、無事定年を迎えました。おめでとうございます。そしてお疲れさまでした。

こんな面倒な作家の相手を十五年からしてくれました。言うまでもなく、これも読者さまが次の本を書かせろと言ってくださったおかげです。

ちなみに今の担当のS氏は若く、とても彼の定年まで私が保《も》ちません。

思い返せば十七巻、八年の間にいろいろなことがありました。私個人も歯科医院を閉じ、作家専業となりました。

なにより生活の形が大きな変化を強いられました。

あらたなウイルスによる感染症は、今までのあり方を崩壊させ、人類の積み重ねてきた経験の価値を引っくり返しました。

人類はコミュニケーションを取ることで、進化してきました。誰かが見つけたもの、生み出したものを言葉や記録で伝え、それにさらなる工夫を加えて発展して参りました。それをウイルスは断ち切ってしまった。

人に会えば感染が広がる。

これは文明の破壊であり、技術の継承を失わせる。

マニュアルがある、映像で記録ができる。たしかにそうですが、それだけですべてが継承できるものではありません。「見て盗め」というのは、映像だけの話ではないからです。温度、湿度はデータでなんとかできても、匂《にお》いだとか、雰囲気、力の加え方など、肌で感じるしかない部分を、客観的なものとして誰にでも把握できるようになることは困難でしょう。

人と人の付き合いというのは、画面の向こうにはありません。やはり、近くにいて、声を聞き、触れあうことが基本だと、思っております。

もちろん、今はそれをすべきではありません。感染症というのは、己《おのれ》だけではなく、周囲の知人、赤の他人の区別なく被害をもたらすものだからです。

引きこもらざるを得ないときは、我慢しましょう。そして、それが終わったとき、その分も謳歌《おうか》しようではありませんか。

友と会い、親戚と語らう日々を取り戻すための臥薪嘗胆《がしんしょうたん》です。

過去、人類はいろいろな疫病と闘い、勝利してきました。その叡智《えいち》を信じ、今を我慢すれば、それだけ早く道は開けます。

なお、お家《うち》での引きこもりのお供《とも》には、是非本を選んでいただきますようお願いします。

さて、物語はこれで終わります。どうせならば二十巻までと思わないでもなかったのですが、せめてあそこまでという手前で話をまとめるのが、私の癖です。恥ずかしいですが、そこまで私の集中力が続かないのです。

ですが、私の作家としての日々は終わりません。読者さまから「もう要らない」と言われるまで、妄想を紡《つむ》ぎたいと思います。

ただ、先ほども申しましたように、コロナウイルスの影響で、まったく取材に出かけることができません。このシリーズを書くために、八回金沢に行きました。他の作品でも数回は取材に出かけます。インターネットでも調べますが、それだけでは足りないのです。郷土を愛する史家の方が書かれた資料本などは、現地でなければまず買えません。なにより、その土地に根付いている匂い、空気、そして人を知らなければ、物語に厚みが生まれません。

ですので、次作の開始まで、少し猶予《ゆうよ》をいただきたく、お願い申しあげます。といいながら、しれっと奥右筆秘帳の続編を始めるかも知れませんが……。

最後になりましたが、このシリーズにお力添えをくださいました金沢市の皆様、取次さま、書店さま、印刷所さま、こころよく資料を見せてくださったり過去のお話などを聞かせてくださった加賀本多家のご当主さまに、厚く御礼を申しあげます。

表紙を担当してくださっただけでなく、取材にもお力添えをいただきました石川県在住の西のぼる先生、デザイン担当のフィールドワークスさま、担当の編集者お二人、そして歯科医師を辞めることを許してくれた家族、雑用を引き受けてくれた事務所スタッフにも謝意を表します。

最後に、長く私の本のデザインをお願いし、このシリーズも最後までお付き合い願えると信じきっていた故多田和博先生に感謝を捧げます。先生の心意気、技は見事にお弟子さんへと継承されました。どうぞ、ご懸念なくお休みください。

ありがとうございました。

令和三年　三月　桜の便りを聞くころに

上田秀人　拝

本書は文庫書下ろし作品です。

|著者|上田秀人　1959年大阪府生まれ。大阪歯科大学卒。'97年小説CLUB新人賞佳作。歴史知識に裏打ちされた骨太の作風で注目を集める。講談社文庫の「奥右筆秘帳」シリーズは、「この時代小説がすごい！」（宝島社刊）で、2009年版、2014年版と二度にわたり文庫シリーズ第一位に輝き、第３回歴史時代作家クラブ賞シリーズ賞も受賞。抜群の人気を集める。初めて外様の藩を舞台にした「百万石の留守居役」シリーズなど、文庫時代小説の各シリーズのほか歴史小説にも取り組み、『孤闘　立花宗茂』で第16回中山義秀文学賞を受賞。他の著書に『竜は動かず　奥羽越列藩同盟顛末（上下）』など。総部数は1000万部を超える。2022年第７回吉川英治文庫賞を「百万石の留守居役」シリーズで受賞した。
上田秀人公式HP「如流水の庵」http://www.ueda-hideto.jp/

要訣《ようけつ》　百万石《ひゃくまんごく》の留守居役《るすいやく》(十七)

上田秀人《うえだひでと》

© Hideto Ueda 2021

2021年６月15日第１刷発行
2024年７月25日第２刷発行

発行者――森田浩章
発行所――株式会社　講談社
東京都文京区音羽2-12-21　〒112-8001
電話　出版（03）5395-3510
　　　販売（03）5395-5817
　　　業務（03）5395-3615

Printed in Japan

講談社文庫
定価はカバーに
表示してあります

KODANSHA

デザイン―菊地信義
本文データ制作―講談社デジタル製作
印刷―――株式会社KPSプロダクツ
製本―――株式会社KPSプロダクツ

落丁本・乱丁本は購入書店名を明記のうえ、小社業務あてにお送りください。送料は小社負担にてお取替えします。なお、この本の内容についてのお問い合わせは講談社文庫あてにお願いいたします。
本書のコピー、スキャン、デジタル化等の無断複製は著作権法上での例外を除き禁じられています。本書を代行業者等の第三者に依頼してスキャンやデジタル化することはたとえ個人や家庭内の利用でも著作権法違反です。

ISBN978-4-06-523811-0

講談社文庫刊行の辞

二十一世紀の到来を目睫に望みながら、われわれはいま、人類史上かつて例を見ない巨大な転換期をむかえようとしている。

世界も、日本も、激動の予兆に対する期待とおののきを内に蔵して、未知の時代に歩み入ろうとしている。このときにあたり、創業の人野間清治の「ナショナル・エデュケイター」への志を現代に甦らせようと意図して、われわれはここに古今の文芸作品はいうまでもなく、ひろく人文・社会・自然の諸科学から東西の名著を網羅する、新しい綜合文庫の発刊を決意した。

激動の転換期はまた断絶の時代である。われわれは戦後二十五年間の出版文化のありかたへの深い反省をこめて、この断絶の時代にあえて人間的な持続を求めようとする。いたずらに浮薄な商業主義のあだ花を追い求めることなく、長期にわたって良書に生命をあたえようとつとめるところにしか、今後の出版文化の真の繁栄はあり得ないと信じるからである。

同時にわれわれはこの綜合文庫の刊行を通じて、人文・社会・自然の諸科学が、結局人間の学にほかならないことを立証しようと願っている。かつて知識とは、「汝自身を知る」ことにつきていた。現代社会の瑣末な情報の氾濫のなかから、力強い知識の源泉を掘り起し、技術文明のただなかに、生きた人間の姿を復活させること。それこそわれわれの切なる希求である。

われわれは権威に盲従せず、俗流に媚びることなく、渾然一体となって日本の「草の根」をかたちづくる若く新しい世代の人々に、心をこめてこの新しい綜合文庫をおくり届けたい。それは知識の泉であるとともに感受性のふるさとであり、もっとも有機的に組織され、社会に開かれた万人のための大学をめざしている。大方の支援と協力を衷心より切望してやまない。

一九七一年七月

野間省一

上田秀人公式ホームページ「如流水の庵」
http://www.ueda-hideto.jp/

講談社文庫「百万石の留守居役」ホームページ
http://kodanshabunko.com/hyakumangoku/

講談社文庫「奥右筆秘帳」ホームページ
http://kodanshabunko.com/okuyuhitsu/

上田秀人作品◆講談社

武商繚乱記 シリーズ

孤高の町方同心山中小鹿が武士の矜持をかけて、豪商淀屋に挑む。新機軸時代小説、満を持して開幕！

時は元禄。大坂では米や水運を扱う大商家の淀屋《よどや》が、諸大名に金を貸し付けて隆盛を極めていた。淀屋の増長は看過できないと、老中土屋正直《つちやまさなお》は目付の中山時春《なかやまときはる》を大坂東町奉行に任じる。その配下となった町方同心山中小鹿《やまなかころく》に密命が託される。商人の台頭を武士はいかに抑えるのか。生き残りをかけた戦いが始まる！

2022年7月　講談社文庫

上田秀人作品◆講談社

第一巻『戦端』

武家を金の力から守れ

町方同心山中小鹿の嫁は上役の娘だった。嫁の密通を知った小鹿は上役の顔に泥を塗り左遷される。小鹿は新たな上役から想定外の命令を受ける。

2022年7月　講談社文庫

第二巻『悪貨』

豪商の罠に嵌《は》まるわけにはいかぬ

改鋳により小判の価値が下がり、武士は貧窮《ひんきゅう》に陥っていた。廻り方に抜擢《ばってき》され、町方同心山中小鹿は、淀屋の動向を監視、怪しき「穴」を見つける。

2023年4月　講談社文庫

第三巻『流言』

まこと怖きは噂の力なり

大坂城下では、淀屋が老中に喧嘩を売ったという噂が流布する。武士の沽券《こけん》に関わる事態を調べるため、はみだし同心山中小鹿が噂の出所を探る。

2024年3月　講談社文庫

上田秀人作品◆講談社

第7回 吉川英治文庫賞受賞！

百万石の留守居役《るすいやく》シリーズ

老練さが何より要求される藩の外交官に、若き数馬が挑む！

外様第一の加賀《かが》藩。旗本から加賀藩士となった祖父をもつ瀬能数馬《せのうかずま》は、城下で襲われた重臣前田直作《まえだなおなり》を救い、五万石の筆頭家老本多政長《ほんだまさなが》の娘、琴《こと》に気に入られ、その運命が動きだす。江戸で数馬を待ち受けていたのは、留守居役《るすいやく》という新たな役目。藩の命運が双肩にかかる交渉役には人脈と経験が肝心。剣の腕以外、何もない若者に、きびしい試練は続く！

第一巻『波乱』２０１３年11月　講談社文庫

上田秀人作品◆講談社

第一巻
『波乱』
2013年11月
講談社文庫

第二巻
『思惑』
2013年12月
講談社文庫

第三巻
『新参』
2014年6月
講談社文庫

第四巻
『遺臣』
2014年12月
講談社文庫

第五巻
『密約』
2015年6月
講談社文庫

第六巻
『使者』
2015年12月
講談社文庫

第七巻
『貸借』
2016年6月
講談社文庫

第八巻
『参勤』
2016年12月
講談社文庫

第九巻
『因果』
2017年6月
講談社文庫

第十巻
『忖度』
2017年12月
講談社文庫

第十一巻
『騒動』
2018年6月
講談社文庫

第十二巻
『分断』
2018年12月
講談社文庫

第十三巻
『舌戦』
2019年6月
講談社文庫

第十四巻
『愚劣』
2019年12月
講談社文庫

第十五巻
『布石』
2020年6月
講談社文庫

第十六巻
『乱麻』
2020年12月
講談社文庫

第十七巻
『要訣』
2021年6月
講談社文庫

〈全十七巻完結〉

上田秀人作品◆講談社

奥《おく》右《ゆう》筆《ひつ》秘帳シリーズ

「筆」の力と「剣」の力で、幕政の闇に立ち向かう圧倒的人気シリーズ！

江戸城の書類作成にかかわる奥右筆組頭《おくゆうひつくみがしら》の立花《たちばな》併右衛門《へいえもん》は、幕政の闇にふれる。帰路、命を狙われた併右衛門は隣家の次男、柊衛悟《ひいらぎえいご》を護衛役に雇う。松平定信《まつだいらさだのぶ》、将軍家斉《いえなり》の父・一橋治済《ひとつばしはるさだ》の権をめぐる争い、甲賀《こうが》、伊賀《いが》、お庭番の暗闘に、併右衛門と衛悟は巻き込まれていく。「この時代小説がすごい！」（宝島社刊）でも二度にわたり第一位を獲得したシリーズ！

第一巻『密封』２００７年９月　講談社文庫

上田秀人作品◆講談社

第一巻
『密封』
2007年9月
講談社文庫

第二巻
『国禁《こっきん》』
2008年5月
講談社文庫

第三巻
『侵蝕《しんしょく》』
2008年12月
講談社文庫

第四巻
『継承』
2009年6月
講談社文庫

第五巻
『簒奪《さんだつ》』
2009年12月
講談社文庫

第六巻
『秘闘』
2010年6月
講談社文庫

第七巻
『隠密』
2010年12月
講談社文庫

第八巻
『刃傷』
2011年6月
講談社文庫

第九巻
『召抱《めしかかえ》』
2011年12月
講談社文庫

第十巻
『墨痕《ぼっこん》』
2012年6月
講談社文庫

第十一巻
『天下』
2012年12月
講談社文庫

第十二巻
『決戦』
2013年6月
講談社文庫

〈全十二巻完結〉

前夜　奥右筆外伝

併右衛門、衛悟、瑞紀《みずき》をはじめ
宿敵となる冥府防人《めいふさきもり》らそれぞれの
「前夜」を描く上田作品初の外伝！

2016年4月
講談社文庫

上田秀人作品◆講談社

天主信長
〈表〉我こそ天下なり
〈裏〉天を望むなかれ

本能寺と安土城、戦国最大の謎に二つの大胆仮説で挑む。

信長の死体はなぜ本能寺《ほんのうじ》から消えたのか？　安土《あづち》に築いた豪壮な天守閣の狙いとは？　信長の遺《のこ》した謎に、敢然と挑む。文庫化にあたり、別案を〈裏〉として書き下ろす。信長編の〈表〉と黒田官兵衛編の〈裏〉で、二倍面白い上田歴史小説！

〈表〉我こそ天下なり
2010年8月　講談社単行本
2013年8月　講談社文庫

〈裏〉天を望むなかれ
2013年8月　講談社文庫

上田秀人作品◆講談社

梟《ふくろう》の系譜　宇喜多四代

戦国の世を生き残れ！
梟雄と呼ばれた宇喜多秀家の真実。

織田、毛利、尼子《あまこ》と強大な敵に囲まれた備前に生まれ、勇猛で鳴らした祖父能家《よしいえ》を裏切りで失い、父と放浪の身となった直家《なおいえ》は、宇喜多《うきた》の名声を取り戻せるか？

『梟の系譜』2012年11月　講談社単行本
2015年11月　講談社文庫

軍師の挑戦　上田秀人初期作品集

斬新な試みに注目せよ。
上田作品のルーツがここに！

デビュー作「身代わり吉右衛門」（「逃げた浪士」に改題）をふくむ、戦国から幕末まで、歴史の謎に果敢に挑んだ八作。上田作品の源泉をたどる胸躍る作品群！

『軍師の挑戦』2012年4月　講談社文庫

上田秀人作品◆講談社

竜は動かず

奥羽越列藩同盟顛末

〈上〉万里波濤編
〈下〉帰郷奔走編

世界を知った男、玉虫左太夫は、奥州を一つにできるか？

仙台の下級藩士の出ながら、江戸で学問を志した玉虫左太夫に上田秀人が光を当てる！勝海舟、坂本龍馬と知り合い、遣米使節団の一行として、世界をその目に焼きつける。郷里仙台では、倒幕軍が迫っていた。この国の明日のため、左太夫にできることとは？

〈上〉万里波濤編
2016年12月　講談社単行本
2019年５月　講談社文庫

〈下〉帰郷奔走編
2016年12月　講談社単行本
2019年５月　講談社文庫

内田康夫　不等辺三角形
内田康夫　ぼくが探偵だった夏
内田康夫　逃げろ光彦〈内田康夫と5人の女たち〉
内田康夫　悪魔の種子
内田康夫　戸隠伝説殺人事件
内田康夫　新装版 死者の木霊
内田康夫　新装版 漂泊の楽人
内田康夫　新装版 平城山《ならやま》を越えた女
内田康夫　秋田殺人事件
内田康夫　孤道
和久井清水　孤道 完結編〈金色の眠り〉
内田康夫　イーハトーブの幽霊
歌野晶午　死体を買う男
歌野晶午　安達ヶ原の鬼密室
歌野晶午　新装版 長い家の殺人
歌野晶午　新装版 白い家の殺人
歌野晶午　新装版 動く家の殺人
歌野晶午　密室殺人ゲーム王手飛車取り
歌野晶午　新装版 ROMMY 越境者の夢

歌野晶午　増補版 放浪探偵と七つの殺人
歌野晶午　新装版 正月十一日、鏡殺し
歌野晶午　密室殺人ゲーム2.0
歌野晶午　密室殺人ゲーム・マニアックス
歌野晶午　魔王城殺人事件
内館牧子　終わった人
内館牧子　別れてよかった〈新装版〉
内館牧子　すぐ死ぬんだから
内館牧子　今度生まれたら
内田洋子　皿の中に、イタリア
宇江佐真理　泣きの銀次
宇江佐真理　晩鐘〈続・泣きの銀次〉
宇江佐真理　虚ろ舟〈泣きの銀次参之章〉
宇江佐真理　室の梅〈おろく医者覚え帖〉
宇江佐真理　涙堂〈琴女《ことじょ》癸酉《きゆう》日記《にっき》〉
宇江佐真理　あやめ横丁の人々
宇江佐真理　卵のふわふわ〈八丁堀喰い物草紙・江戸前でもなし〉
宇江佐真理　日本橋本石町やさぐれ長屋
浦賀和宏　眠りの牢獄

上野哲也　五五五文字の巡礼〈魏志倭人伝トーク 地理篇〉
魚住 昭　渡邉恒雄 メディアと権力
魚住 昭　野中広務 差別と権力
魚住直子　非・バランス
魚住直子　未・フレンズ
魚住直子　ピンクの神様
上田秀人　密封〈奥右筆秘帳〉
上田秀人　国禁〈奥右筆秘帳〉
上田秀人　侵蝕〈奥右筆秘帳〉
上田秀人　継承〈奥右筆秘帳〉
上田秀人　簒《さん》奪《だつ》〈奥右筆秘帳〉
上田秀人　秘闘〈奥右筆秘帳〉
上田秀人　隠密〈奥右筆秘帳〉
上田秀人　刃傷〈奥右筆秘帳〉
上田秀人　召《めし》抱《かかえ》〈奥右筆秘帳〉
上田秀人　墨《ぼっ》痕《こん》〈奥右筆秘帳〉
上田秀人　天下〈奥右筆秘帳〉
上田秀人　決戦〈奥右筆秘帳〉
上田秀人　前夜〈奥右筆外伝〉

講談社文庫　目録

2024年6月14日現在